茜紗窗下

王安憶

目次

第3輯　旅行的印象

第4輯　窗外與窗裡

第1輯

茜紗窗下

兒童玩具

　　從小，我就是個動作笨拙的孩子。兒童樂園裡的各項器械，我都難以勝任。鞦韆盪不起來，水車也踩不起來，蹺蹺板，一定要對方是個老手，藉他的力才可一起一落，滑梯呢，對我又總是危險的，弄不好就會來個倒栽蔥。而且，我很快就超過了兒童樂園所規定的身高，不再允許在器械上玩耍。所以，我記憶中，樂園裡的遊戲總是沒我的份。但是，不要緊，我有我的樂子，那就是兒童樂園裡的沙坑。

　　那時候，每個兒童樂園裡，除了必備的器械以外，都設有幾個大沙坑，圍滿玩沙子的孩子們。去公園的孩子，大都備有一副玩沙子的工具：一個小鉛桶和一把小鐵鏟。沙坑裡的沙子都是經過篩洗的，黃黃的，細細的，並且一粒一粒很均勻，它在我們的小手裡，可變成我們想要的任何東西。它可以是小姑娘過家家的碗盞裡的美餐，它可以是男孩子們的戰壕和城堡。最無想像力的孩子，至少也可以堆積一座小山包，山頭上插一根掃帚苗作旗幟，或者反過來，挖一個大坑，中間蓄上水作一個湖泊。或者，

〈兒童玩具〉中寫到過的洋娃娃。

它什麼也不作，只是從手心和手指縫裡淌過去，手像魚一樣游動在其中的，細膩、鬆軟、流暢的摩擦。

不知道是從什麼時候開始，兒童樂園裡的沙坑漸漸荒涼，它們積起了塵土，原先的金黃色變成了灰白。然後，它們又被踩平踏實，成了一個乾涸的土坑。最後，乾脆連同兒童樂園一同消失了，取而代之的是大型或者小型的遊樂場。過山車，大轉盤，宇宙飛船，名目各異，玩法一律是坐上去，固定好，然後飛轉，疾駛，發出陣陣尖聲銳叫，便完了。

那時候，南京路與黃河路交接的路口上，有一幢三層高的玩具大樓，是星期天裡，父母常帶我們光顧的地方，印象中，整個三樓都是娃娃櫃台，各式衣裙的娃娃排列在玻璃櫥裡，看上去真是五彩繽紛。這時候的娃娃樣式基本一致，陶土製的臉和四肢，塗著鮮豔的肉色，輪廓和眉眼都很俊俏，身體是塞了木屑的布袋製成。頭戴荷葉邊的花帽子，身著連衣裙。彼此間的區別主要是形狀的大小，衣裙的樣式顏色以及華麗的程度。其時，還沒有塑料，娃娃的形象多少有些呆板，衣裙是縫製在身上的，不能脫卸，可這卻一點不妨礙我們對它們的信賴，信賴它們的真實性。每個女孩子似乎都至少要有一個娃娃，它是我們的忠實的朋友和玩伴。

當時有一種賽璐珞的娃娃，造形很寫實，形狀幾乎和一個真實的嬰兒一般大，裸著身體，可給它穿自製的衣服，鞋襪。可是我的父親一直記得，他小時候在南洋時，看見過一個女孩子將賽璐珞娃娃繫在背上，學習那些勞作的閩南婦女的模樣，一個調皮的男孩惡作劇地，用火柴點著了娃娃，結果是女孩和娃娃同歸於

盡，葬身火海。因而，我們對賽璐珞娃娃始終懷著恐懼的心情。再加它通體都是一種透明的肉色，眉眼只有輪廓，卻不著色，就好像是一個胚胎，這也叫人心生恐懼，所以，我們從來也沒有嚮往過這種娃娃。

後來，我和姊姊得到過一對麗人娃娃，一男一女。他們的形象非常逼真，女孩梳了髮辮，不是畫在頭顱上的，而是真正的毛髮編織而成，打著蝴蝶結。在他們比例合格的身體上，穿著綢緞的中式衣褲，衣襟上打著纖巧的盤紐，還有精緻的滾邊。尤其是足上的一雙鞋，是正經納了底，上了幫，鞋口也滾了邊，裡面是一雙細白紗襪。它們雖是娃娃，看上去卻似乎比我們更年長，它們更像是舞台上的一對供觀賞的演員，不怎麼適合作玩伴的。在最初的驚喜過去之後，它們便被我們打入了冷宮。我們玩得最持久的是一個漆皮娃娃，是我姊姊生日時得到的。許多娃娃都不記得了，唯獨這個，記憶深刻。它穿著大紅的連衣褲和帽子，衣褲帽子全都是畫上去的。它的頭很大，肚子也很大，額頭和臉頰鼓鼓的。它要比一般娃娃都要肥碩一些，也不像一般娃娃那麼脂粉氣重，它有些憨，還有些楞，總之，它頗像一個真正的小孩。抱在懷裡，滿滿的一抱。我姊姊整天抱著它，像個小媽媽似的，給它裹著各種衣被。後來，我姊姊生了個男孩，我總覺得這個男孩與那個漆皮娃娃非常相似，也是大腦袋，額頭臉頰鼓鼓的。

這時節，電動玩具出場了。我以為，電動玩具是兒童玩具走上末路的開始，它將玩耍的一應過程都替代，或者說剝奪了。我最先得到的電動玩具是一輛小汽車，裝上兩節電池，便可行駛，並且鳴響喇叭。它和真的汽車一樣有著車燈，向前行駛亮前燈，

一旦遇障礙物倒退，則亮尾燈。它還會自動轉彎，左邊遇障礙物朝右轉，右邊遇則朝左轉，它當然是稀罕的，是我向小伙伴炫耀的寶貝。但內心裡，我對它並沒有興趣，我寧可玩我原先的一輛木頭卡車。它的樣子笨笨的，可是非常結實。它有著四個大木輪子，車斗也很寬大。我和姊姊各有一輛，她是紅的，我是綠的。我以為，父母實際上在心裡準備我是一個男孩，所以總是分配給姊姊紅的，而我是綠的。在裝束上，姊姊留長髮，我則是短髮。這輛卡車沒有任何機械裝置，我就在車頭上拴一根繩子，拖著走。車斗裡坐了我的娃娃，以及它的被子，碗盞，還有一些供我自己享用的糖果餅乾，然後，就可上外婆家了。

那種機械裝置的玩具，其實也是單調的。有一次，爸爸帶我去方才說的那家玩具大樓買玩具。他為我買了一個蓮花裡的芭蕾舞女，就是說，一朵合攏的蓮花苞，一推手柄，蓮花便旋轉著盛開了，裡面是一個立著足尖跳舞的女演員。還買了一個翻筋斗的猴子。我爸爸給我們買玩具，不如說是給他自己買玩具，是出於他的喜好。曾有一次，他給我買了一隻會喝水的小鴨子。這鴨子身上有一個循環的裝置，可不停地低頭喝水，水呢，從嘴裡進去，再流入杯中，永遠喝個沒完。他大感驚訝，讚歎不已，立即又去買了一隻，讓它們面對面立著，一個起一個落地從一個冰淇淋杯中汲水喝。而我看不多久便覺索然，它們喝得再棒我也插不進手去，終是個旁觀者。這一天的情形也大致相同。買了玩具，我們又去對面的著名粵菜館新亞飯店吃飯。一邊等著上菜，一邊我就迫不及待打開紙盒，坐在火車座旁的地板上玩了起來。那猴子劈里啪啦地翻著筋斗，從這頭翻到那頭，掄著圓場。沒等一圈

發條走完，我已經膩了，走了開去，剩下爸爸和飯店裡跑堂的，背著手饒有興趣地欣賞著。

這時節，玩具做得越發精緻了，記得有一套小家具。全是木製的，大櫥就像火柴盒大小，櫥門可關闔，五斗櫥的抽屜均可推拉，每一關節，都細緻地打著榫頭，嚴絲密縫。還有一副小餐具，其中的一把筷子竟是眞正的漆筷，頭和梢是橘紅色的，中間則是黑底盤絲花。但這些說是玩具，更像是工藝品。看起來很好，卻沒有什麼玩頭，你能拿它作什麼？

許多好玩的玩具都是簡單的，比如積木，是我永遠玩不膩的。還有遊戲棒，它也有著奇異的吸引力。從錯綜交疊的遊戲棒中，單獨抽出一根，不能觸動其他，無疑是個挑戰。要求你鎮靜，穩定，靈巧，並且要有準確的判斷力，判斷哪一根遊戲棒雖然處境複雜，可其實卻是互不干擾的一根，或者正反過來，某一根看上去與周遭不怎麼相干，其實卻是唇齒相依，一枝動百枝搖。還有萬花筒，它隨著手的輕輕轉動變幻出無窮無盡，永不重複的圖案，這一刻無法預測下一刻。從一個小眼裡望進去的，竟是那樣一個絢麗的世界。後來，萬花筒裡的碎玻璃被塑料片取代了，這世界便大大遜色，不再有那麼金碧輝煌的亮色。塑料片不僅沒有碎玻璃的晶瑩，也沒有碎玻璃的多棱面，那種交相輝映的燦爛便消失殆盡。塑料工業的誕生其實是極大地損傷了兒童玩具，它似乎有著摹做一切的性能，事實上，卻是以歪曲本質爲代價的。萬花筒就是一個明證。

上小學的時候，我們曾經在一家街道工廠進行課外勞動。這家廠就是生產塑料娃娃，從模子裡壓出的各色娃娃盛在紙箱裡，

一大箱一大箱的，工廠又是在一個通風不良的閣樓上，於是，便壅塞著塑料的古怪的甜腥氣。一個有腿疾的男工，邁著不能合攏的八字狀的雙腿，吃力地搬動著這些紙箱。整個情景都是令人沮喪，並且心生抑鬱。

就像方才說的，父母無意中分配我和姊姊擔任不同的角色，姊姊一定是女孩無疑，他們特別縱容她的女孩子的特性，他們給她買珠子。這些珠子實在美麗極了，形狀顏色各異，分門別類地安放在一個大玻璃盒裡。當然，除了這樣昂貴的珠子外，還有許多散裝的珠子，廉價一些的，但也同樣多姿多色。時常也帶她去挑選一些，擴充她的珠子的庫存。她拿根針，引根線，將珠子穿成各種飾物。而爸爸媽媽似乎從來不以為我也是需要珠子的，我只能蹭著玩一點，暗中滿足一下自己被忽略的需要。父母分配給我的愛好是一套建築積木，是一整座中蘇友好大廈，也就是現在的上海展覽館的模型，全由白木做成。記得定價是十五元，這在當時稱的上是天價。事實上，這套建築積木從來沒有屬於過我，它一直陳列在淮海路，我家附近的一間文具店裡。實在說，它已不僅僅是一副玩具了，而是近似於船模航模一類的，訓練性質的模具。母親許諾我，倘若我能考上市重點中學，上海中學，便送給我。可是，沒等到考中學，「文化大革命」就開始了，學校停課。這套模具不知什麼時候收起了，反正我再也沒有看見它了。

至於南京路黃河路口的那座玩具大樓，「文化革命」中我和媽媽還去過一回，它已經成了一家百貨性質的商店，但還保留有相當面積的玩具櫃台，櫃台裡其實也蕭條得很了。還記得有三尊娃娃，分別是樣板戲《紅燈記》裡的李奶奶，李玉和，李鐵梅。

媽媽被李玉和逗樂了，說了聲「這個小幹部」現在，這已經變成了一家工藝品商店。所謂的工藝品就是一些機繡的桌布手絹，粗製的玻璃器皿，以及民族服飾等等。

我們還曾經有過一樣特別有趣的玩具，那是一架投影幻燈機，是我們的三舅舅送給我們的。我三舅舅是個對生活很有興致的人，他經常別出心裁地製作一些小玩意。那時候，一般家庭都沒有冰箱，到了盛夏，剩菜很不容易保存。他就用幾個餅乾箱的鐵皮圓蓋，鑽三個眼，一節一節地串起來，每一層可放一碗菜，然後掛在風口。他還喜歡拍照，拍過之後，再將照相機鏡頭取下來，臨時製作一架擴大機，沖洗擴印照片。這一回，他送我們的投影幻燈機也是自己製作的，幻燈片是從什麼地方淘來的，電影廠的廢膠片。他很耐心地將這些廢膠片挑選出來，按著電影的名目分別組合，並且盡可能根據電影情節的順序，製成一條條的幻燈片。其中有越劇《紅樓夢》、《追魚》，張瑞芳主演的《萬紫千紅》等等。此時，將臨「文化大革命」，市面上已經沒多少電影可看，所以，這台幻燈機使我們不僅在孩子裡，也在大人中間，大出風頭，我們常常在家中開映，電燈一關，人們立刻噤聲，電影就開場了。這台幻燈機伴隨了我們很多時間，在「文化大革命」中的那些寂寞的日子，沒有娛樂可言，我們就看幻燈片。那時候，我們的玩伴中有三姐妹，是上海電影廠的一位著名編劇的孩子，她們家歷經數次抄家，竟還遺留下一些《大眾電影》畫報。那些天，我們就是這樣，拉上窗簾，躲在幽暗的房間裡，看著電影畫報，和牆上映出的幻燈投影，討論著舊電影中的細節和男女明星，漸漸地結束了我們的兒童時代。

街燈底下

弈者

　　晚上，後弄的燈亮了，正好在一扇後窗旁。橙色的鐵罩子下的燈光，也照亮了窗簾上的大花。這時候，燈下就擺起了一張棋桌。說是棋桌，其實就是一張方凳。方凳兩邊，擺上兩把小板凳，坐著一老一少兩個棋手。他倆就著燈光，鋪開紙做的棋盤，將木頭棋子一一布好，然後，進入了戰局。他們很少說話，只下棋。大約因為下得不怎麼樣，所以，並沒有人觀戰。後弄裡漸漸地沒了人，也沒了聲息，半天，才聽得棋輕輕地「啪」一下，走了一步。

盲者

　　年底的銀行，人很多，取錢和存錢的都有，一位盲人也在裡面。他眨動著沒有視力的眼睛，滿臉是笑，張口喊道：阿姨，幫我填一張單子吧！在他身邊的其實是一個叔叔，但沒有二話地，替他填寫了取款單子，還領他到窗口站了隊。他的手觸到了隊尾

17

的人，又喊了。這回因接受前次的經驗，他喊的是「爺叔」，即「叔叔」。他說：爺叔，排到了叫我一聲啊！那人恰巧倒是個「阿姨」，回答他，放心好了。後來，他領到了錢，握在手心裡，出了門。有人見他走斜了，向街邊的自行車走了去，便將他的導盲棍正過來。他笑著，告訴那人：買一斤鹽去！

版本學家

書市上，有人在翻看一本俞平伯的散文《雜拌兒》。不遠處，有一個老人，手提人造革拎包，注意著這人。好像是想過去說什麼，結果還是一直站在原地。這人決定買下，可看攤位的人員卻走開了，便等著。那老人更加猶豫了，腳卻不動窩。這時，出版社的職員回來了，這人買下《雜拌兒》，走出攤位的櫃台。老人尾隨幾步，終於說話了：這本書應該買上海書店的，那是影印本。

大廚

有人來飯店訂一條松子桂魚。服務員說，你怎麼帶走呢？顧客說，一分為兩，裝快餐盒，反正是自己吃，不講究。於是當場撈了活魚，送進廚房。不時有人出來報告，魚已經殺了，上籠蒸了，並解釋這是川地的做法，然後是下油鍋了，著味和著色，最後，報告說，大廚不肯裝快餐盒，定要裝盆。只得讓交幾元押金，借顧客一個磁盤。魚端上來，頭尾翹著，要跳龍門的樣子，眼睛是兩顆大櫻桃，畫龍點睛的一筆。

街燈下（一）

　　街燈亮了，馬路上靜寂地流淌著人和車輛。人群裡走著一個年輕的母親，抱著她的孩子。孩子看上去挺沉，她的肩上還背一個上班用的大包。看來她是剛下了班，又去幼兒園接來孩子。孩子伏在她的肩上，沉靜地嗍著手指頭。走到一家大超市前面，母親可能走累了，需要歇一歇，也可能這是一個既定的節目。總之，她們停了下來，母親幫孩子騎上電動馬，投了一枚鎳幣。於是，音樂響起，馬隨著節奏搖了起來。母親在馬旁邊的階上坐下來，手托著腮。超市櫥窗裡的光照著她的背影，還有騎在電動馬上，一聳一聳的孩子的身影，電動馬唱著歡樂的歌曲。

街燈下（二）

　　街燈已經亮了多時，起碼有八點鐘的光景，反正馬路上的人不那麼多了，公交車也不那麼擠了，車站上等車的那幾個人，大都是吃罷了晚飯，出去樂去的。忽然，開來一輛卡車，卡車上站著人。他們對著夜晚的安靜明亮的街道，大叫了一聲。車停了下來，後擋板放下了，他們又叫了一聲，這一聲更大了。然後，他們一個一個跳下了車。每一個人跳下來，就要怪叫一聲。一聲接一聲，一聲應一聲。還分成幾撥，對叫著，好像歌劇裡的合唱與重唱。然後，他們就拿出了鎬頭，還有一些電動的傢伙，原來是一群修路工。他們叫著，散開來，站到各自的位置，鎬頭一下子鑿開了水泥的地面。

茜紗窗下

　　小學生時，在上海近郊農村勞動，女生集體宿在農家的一間空房內。這家有一個新娶的媳婦，男人卻似乎在哪裡做工，不在家。新房設在隔壁的新屋裡，只占了側邊的一間。我們常常跑過去探頭張望，新媳婦並不驅趕，由我們將她身後的門縫越擠越大，最終完全敞開。她則在我們的目光下，從容地梳洗，疊被掃床。看起來，她不僅不厭煩，甚至是歡迎我們這些上海孩子，參觀她的新房。

　　她的新房在我印象中，亦是一個「滿」字。新房實質只占了這間側屋的一半，就從這一牛地方，地上鋪設了木板。大約二三步之後，是床。沒有注意具體的家具，只覺著滿滿當當，並且放射著一種油亮的紅光。似乎是，床的左右兩側，延至地板的邊緣，還有床的上方，頂到頂棚，全是油紅色的木器，只留下兩幅左右挽起的帳子底下的一片空。有一晚上，我們去看新房的時候，新媳婦正坐在帳下床沿上，一隻腳擱起來，下巴抵著膝蓋，很仔細剪著腳趾甲。看過去，很有一種「洞房」的意思。

　　至今，那洞房裡的新娘還在眼前。她在油亮的木器間，逼仄

的空檔裡活動。表情是木訥的，但身形裡依然流露出對這堂新房家具的歡喜和享受。

後來，在浙江烏鎮的一個新修的舊宅裡，看了一個床博物館。其中最為壯觀的一張床，共有三進。第一進有大半步，為門廳；第二進也是大半步，是梳洗扮妝之處；第三進，才是床榻。床棚、帳柱、隔扇、遮屏，雕花螺鈿，繁華至極。遠看過去，小時所見，那家農戶的新娘，就是坐在這床裡面剪腳趾甲。聽人介紹，木匠是不予人做床的，做床折壽，做棺材則添壽。所以，但凡做床，都是以饋贈的名義。做好之後，再刻一張名牌掛在床上，上有工匠的名姓籍貫。然後，受贈者再回送一個大紅包。究其原因，床是衍子衍孫的用物，會不會是要借了木匠的壽去添人家，所以木匠忌諱？

這床，及小學生時所見那洞房，都給我私密的印象。除了「滿」，還有「幽深」和「暗」，裡面藏了些隔宿氣似的，不夠清潔。其實是有情欲的氣息。

有一回，在江南鄉下，走過河邊埠頭，見一個年輕女子在涮洗幾幅木屏。走近一看，便看出這幾幅屏就是床欄上的圍屏，鏤空的花格子作底，鑲有人物、器皿、山水、花卉的浮雕。漆色已舊，褪成淡紅色，想來原先也當是油紅油亮。不知傳了多少代，才傳到這女子手裡。看她洗涮得十分仔細又潑辣，將幾扇屏橫躺進淺水裡浸著，用牙刷剔縫和鏤空裡的垢，然後，用板刷順木紋「嘩嘩」地刷洗，最後，是大抹布在屏面上大把大把地拖水。正面洗了再洗反面，這幾面屏被水洗得近乎透亮。於是，那床與洞房的晦昧氣息，也一掃而淨，變得明亮起來。

江南小鎮的木匠。

與自己無關的物件，是不大留心細節的。但因是經過使用，沾了人氣，便有了魂靈，活了。走過去，是可感受到氣氛。中學裡，曾去過一個同學家，這家中只一母一女，相依度日。沿了木扶梯上樓，忽就進去了，只一間房間，極小，卻乾淨整齊地安置了一堂紅木家具。那堂紅木家具一點不顯得奢華，甚至不是殷實，而是有依靠。寡淨裡，有了些熱火氣。豐子愷畫裡的小板凳，簡直就是個小動物，因被小孩子坐過，抱過，俏皮極了。還有農人家的小竹靠椅，貼過勞力人的肌膚油汗，黃亮亮的。那竹靠背斜伸出去，橫頭一根竹管，關節處，纏著藤皮，一圈圈緊挨著，扎實又忠誠的樣子。老保姆曾經帶我去訪她的老東家，是一戶資產者。內外客廳之間放有兩具西式紅木玻璃櫥，高、寬、大，分三層還是四層。每一層，都密密匝匝放著手指甲大小的玉兔、玉狗、玉貓、玉鳥，白玉或者翡翠。就總覺著身後與保姆閒話的老東家，是個描眉的女人，還生著氣。這櫥子散發出一股糜廢的氣息，叫人想到金屋藏嬌的那個「金屋」。

　　與自己關係密切的什物，其實常常不以為是什物，就好像是貼身的一部分，有些水乳交融的意思。所以，細節是有了，但又不是總體的印象氣氛。這樣的用物總共有三件，一件是一張小圓桌。桌面並不很小，但比較矮，配有四把小椅子，是一種偏黃的褐色。桌沿刻一道淺槽，包圓的邊。桌面底下，進去些，有一圈立邊，邊底一圈楞，很藏灰，需時常揩拭。再底下，是四條桌腿，每條桌腿上方有一個扁圓形球。年幼時，還上不了桌面，我就是在這張桌上吃飯。後來大了些，家中來了客人，大人上桌，小孩子另開一桌，就在這桌上。夏日裡，晚飯開在小院裡，也是

用的這張桌子。它，以及椅子的高度，正適合小孩子，對於成年人呢，也挺合適。而且，它相當結實，很經得住小孩子摧殘，雖然並不是什麼好木料。幾十年來，無甚大礙，只是漆色褪了，還有，桌腿上方的扁圓球，半瓣半瓣地碎下來。原本是膠水黏合的，因車工和漆水好，所以渾然一體，那四把小椅子，到底用得狠，先後散了架，沒了。那桌子，卻跟了我分門立戶十來年，後來送了一個朋友，至今還在用它。上面鋪了花桌布，看上去還很華麗。它是我童年的伙伴，許多遊戲是在上面做的：圖畫，剪貼，積木，過娃娃家。有一日下午，家中來了一位客人，和我媽媽說話，我就坐在這張桌子一邊玩，一邊大聲唱歌。後來玩累了，也唱累了，想離開去，好結束這一套。可不知怎麼，卻站不起身，我就只得繼續玩和唱歌，幾乎唱啞了嗓子。等到客人告辭，才被媽媽從椅子上解放出來。原來椅背套進了我的大棉襖和毛衣之間，便將我挾住了。由於處境尷尬，所以記憶格外清楚。記得客人是一名親戚，上門大約是帶些求告的意思，媽媽則是拒辭的態度。但求與拒全是在暗中，就聽他們互嘆苦經。媽媽指著我說：她比大的會吃。那親戚則說：某某比她會吃。某某是他家的小孩子，比我小得多。那是在一九六〇年的饑饉日子裡。

　　第二件是一個五斗櫥。這櫥的格式已經相當模糊了，但大概記得是分為兩半，左半是抽屜，右半是一扇櫥門，打開後，上方有一格小抽屜，上著鎖，裡面放錢，票證，戶口簿，總之，一個家庭的主要文件。每當媽媽開這個抽屜的時候，我都求得允許，然後興沖沖地搬來前邊說過的小椅子，登上去，觀賞抽屜裡的東西。這具五斗櫥於我最親密的接觸，是櫥上立著一面鏡子。白日

《茜紗窗下》中寫到的紅木櫥。

裡，父母上班，姊姊上學，保姆在廚房洗衣燒飯，房間裡只剩我自己，我就拖過椅子，登上去。只見前邊鏡子裡面，伸出一張額髮很厚的臉。這張臉總使我感到陌生，不滿意，想到它竟是自己的臉，便感失望。在很長的一個時期裡，我都是對自己的形象不滿意，這使我變得抑鬱。多年以後，在親戚家，重又看見這具櫥，我驚異極了，它那麼矮和小，何至於要登上椅子才可及到櫥面？我甚至需要彎下身子，才能夠從鏡子裡照見自己的臉。臉是模糊不清的，鏡面上已布上一層雲翳。

第三件是由一張白木桌子和一具樟木箱組合而成。如我父母這樣，一九四九年以後南下進城的新市民，全是兩手空空，沒有一點家底。家中所用什物，多是向公家租借來的白木家具，上面釘著鐵牌，注明單位名稱，家具序號。這樣的桌子，我們家有兩張，一張留在廚房用，一張就放在進門的地方，上面放熱水瓶，冷水壺，茶杯，飯鍋，等等雜物。桌肚裡放一具樟木箱，這是進入上海後添置的東西，似乎也是一個標誌，標誌著我們開始安居上海。上海的中等市民家中，都有樟木箱。不過人家家中是一擺，通常是在床側，屋角，比較隱蔽的地方。而我們只有一個，放的也不是地方。但卻可供我們小孩子自如爬上桌子，舀水喝，擅自拿取籃裡的粽子什麼的。有一晚，我和姊姊去兒童劇院看話劇《白雪公主》，天熱口渴，回到家中，來不及地爬上樟木箱，從冷水缸裡舀水喝。冷水缸裡的水是用燒飯鍋燒的，所以水裡有一股飯米味兒，到現在還記得。真想不出幼年的人小，幹什麼都爬上爬下。就是這個爬，使我們與這些器物有了痛癢相關的肌膚之親。這些器物的表面都那麼光滑，油亮，全是叫我們的手、

腳、膝頭磨出來的。

　　年長以後，與這些器物的關係不再是親暱的，東西廝守得久了，也會稔熟到自然而然。但家裡總有些特別的器物，留下了特殊的感情。我們家有一具紅木裝飾櫃，兩頭沉，左右各一個空櫃，一格小抽屜，中間是一具玻璃櫥，底下兩格大抽屜。這是「文化革命」中，母親從抄家物資的商場裡買來。那時候，抄家物資堆積成山，囤放收藏皆成困難，於是，削價出售。價格低到，如上海人俗話說：三鈿不值兩鈿。母親只花了四十塊錢，便買得了。這筆錢對於我們當時的家庭財政，還有，這具玻璃櫥對於我們極其逼仄的住房，都顯得奢侈了。後來，有過幾次，父親提出不要它，母親都不同意。記得有一次，她說了一句，意思是，這是我們家僅有的一點情趣。於是，在我們大小兩間擁擠著的床，櫥櫃，桌椅，還有老少三代的人中間，便躋身而存這麼一個「情趣」。在這具櫥櫃裡，陳列著母親從國外帶來的一些漂亮的小東西：北歐的鐵皮壺、木頭人、日本的細瓷油燈、絹製的藝妓、美國芝加哥的高塔上買來的玻璃風鈴、一口包金座鐘、斯拉夫民族英雄像。櫥頂上是一具蘇俄寫實風格的普希金全身坐式銅像。這具裝飾櫥與我幼年時在那家資產者客廳裡見過的完全不同，它毫無奢靡之氣，而是簡樸和天真的無產階級風格，但卻包含著開放的生活。我的媽媽，就是那個炮火連天的戰爭時期，也會給戰士的槍筒裡插上幾株野花的人。在「文化革命」中，天天要為衣食發愁的日子裡，她會用一包抽屜角落裡搜出的硬幣，帶我們去吃冰淇淋。她總是有著一點奢心，在任何生存壓力之下，都保持不滅。到了晚年，我們孩子陸續離家，分門立戶，家裡的

空間大了，經濟也寬裕了，而她卻是多病，無心亦無力於情趣的消遣。這具櫥內，玻璃與什物都蒙上了灰塵，這眞是令人痛楚。現在，母親的這具寶貝放在了我的客廳裡，它與周遭環境顯得挺協調，但是，我卻感覺到它的冷清。它原先那種，挾裹在熱蓬蓬的煙火氣中的活潑面貌，從此沉寂下來。

憂鬱的春天

　　上海地處長江以南，春天多半到得早，其實農曆年之前，已有春意。最常見的是狹弄裡，籬下一小片土上，那一株迎春，疏闊的枝條上，爆出星星點點的小黃花，就是了。因是城裡，混凝土的世界，季候並不那麼顯，但是有光啊！光還是有變化，變得有些黃，偏橘色的黃。而且，略微稠厚，於是，略微不夠均勻。有些地方厚一些，有些地方薄一些，於是，就有一點影似地，花憧憧的。那些拉毛的，或者抹平的混凝土牆、磚、瓦，還有馬路，柏油的或者方磚的，甚而或之卵石的路面，本來是沒有鮮明的顏色，此時，卻也有了一種明麗的影調。到了農曆年，又過了農曆年，序曲陡地煞尾，春天赫然登場。

　　愈是這樣封得密實的人工的地方，就愈是要從縫裡、破綻裡，貼著、掙著、擠著去抓撓一下，季候的意思。人的感官因為受阻隔，便轉移了原初的形態，如同所有進化中的抑制與發揚，一些功能被另一些功能替代。直接的觸碰變成間接的，間接到，看起來毫不相關，聯繫不上。可誰知道呢？底下就是息息相通。

在這個城市裡，有一句里巷俗語，用來解釋嘲諷人的瘋勁，說可不是嗎？油菜花開了！油菜花開，是在盛春之季，這城裡是看不見一丁點的，可是出了城，到郊外，便是東一片，西一片，黃亮亮的，眩目得很。這城市便被黃亮亮的油菜花包攏著。它們的花粉裡，抑或不是花粉，而是季候本身，就飽含著令人興奮到極度的成因。要是拉遠些距離來看，這城市就有了一股危險的氣息：不安，騷動，隨時可釀成什麼事故，而身居其中的人渾然不覺。這是離這城市最近處的季候之徵了，像爬牆虎樣，在它的銅牆鐵壁上蔓生，將自然變化的消息一點一點滲進去，滲進去，漸漸地，漾滿了空間。只不過，進化還是依著它的步子在走，完成著生存的適應轉變。

春天的午後，於我終是惆悵的。春光愈是明媚，惆悵的情緒愈是強烈，以至轉變成憂傷。並不是那種思春的意思，其實要簡單明了，似乎，僅只是一個想法：這樣好的天，如何度過呢？而我大多數的日子，是坐在戶內，看著如此活躍美麗的天，無可挽留地一寸一寸過去，漸漸褪了顏色，沉入暮色。真是焦慮啊！那樣稠厚，薑黃，看起來無比豐饒的光線，從面前的牆上，過去，過去。你來不及想要去做什麼，才可不辜負它，它已經過去了。在雨天，這樣的焦慮會好些呢！因不是那麼可貴的天氣，時間也變得舒緩，不壓迫。而在那好天氣裡，我便是愁！

與這緊迫感相對地，從午後十二點開始，時間就變得無比漫長，長得有些熬。而它的漫長一點沒有使事情變得從容，反而，將焦慮放大，延長，加劇，更加急不可待，每一分秒鐘都沒有放鬆它的折磨的拷問：做什麼才有價值？答案是，什麼都沒有價

值。心緒不寧。由於溫度升高，空氣變得乾燥，是明澈的，空間忽地拓出許多，於是，虛空感便升起了。那是無邊無際，什麼也抓撓不著的虛空。人體的內分泌在肉眼看不見的氣流變幻中，重新進行著排列組合，這兩者不知道有著什麼關係，那樣形神相隔的，卻真的，真的被作用著，否則，便無法解釋，在如此明豔的光與色中，為什麼會深感抑鬱。城外的油菜花上飛著粉蝶，勤快地授著花粉，也傳播著憂鬱。

只有等到猶豫成為生理的病症，才會正視春天的感傷。那是一種深刻的對時間的理解和懼怕。時間從灰暗的冬眠甦醒，凸現在朦朧的注意力裡，那樣晶亮、鮮豔地蜿蜒過來。這種在燦爛光線裡的憂鬱，簡直沒救了。你指望從午睡裡捱過去一兩個時辰，可是不成，闔目中，時間走得更慢。眼皮上有光線的壓力，透進眼瞼裡的黑暗。有一種奇怪的活躍，與身心內部的節奏不合拍，錯亂著。時間幾乎不動彈，於是，你得細細地看它的好，內疚自己對不住它，浪費了它。令人痛苦的是，外部的明亮輕快與內裡的灰暗滯重，共存著。你分明看著它，感受到它的熱烈，可是你走不進去，或者說，走不出來。兩者咫尺天涯。好時光這樣刺痛著心，感情受了重創。

好容易熬到了三時許，是午後的深處，就像谷底。戶外的陽光最是蓬勃，內心卻是最煎熬。即便在這乾涸的水泥林子裡，此時也會有鳥叫的。可是，就算牠就在你的窗下叫，聽起來亦是曠遠，就像在另一個空間，一個莫名的空間。這時節，底下的黃開始泛上來，泛上來。有那麼幾分鐘，真的是金子一樣的黃和亮，所有的物件都在發光，同時在反光，於是，五光十色。可是，外

面有多麼輝煌，內部就有多麼沉暗。內外較著勁，努力在達到協調平衡，這卻是一個最為衝突的階段，看不到一點和解的希望。在這金色光芒的沐浴底下，你只有用哀哭來回應它。你說不出什麼原因，就是哀哀地，難過。你承不住它的好，只能辜負它。而且，你心裡最明白，它一過去，再也回不來了，你卻無所作為。再也挽不回來了，這種兒時就有的傷逝的心情，在春光乍洩的時日裡，上演得甚劇。非要究其裡，那麼就是為這哭泣。

再往下捱一捱，就臨近塵埃落定了，空氣中的光粒子漸漸瘦了。內外的對比不再那麼尖銳，彼此都軟弱下來，開始鬆弛。可光色還在流連，所以，騷動並未停息。但激烈的痛苦溫和了，變成綿纏的沮喪。還是不耐煩，可到底是看見曙光了。活潑潑的日頭向西舞去，它的旅行可真夠長的，幾乎比冬季長一倍，冬季裡的日頭終究是疲軟一些。還有一個冗長的黃昏，它的明亮度並不遜於白晝，只是銳度和厚度不同，此時它鋪薄了。依然是惆悵，哀哭已經停止，餘下一些抽噎。這一天的折磨到了尾聲。總歸，到底，夜晚在招手了。到了夜晚，一切便安寧下來，告一段落。所以，春天，總是嫌夜短。

一整個午後，其實什麼也做不了，只是枯坐著，看著時間的光焰，燃燒。心都灼焦了，又結了痂。不知道應當往這時間裡盛什麼，才可消除它的虛無感，空寂感。時間裸著地在了眼前，然後流逝，一去不返。在那些患了病症的日子裡，這情形就格外的尖銳，無可調和。後來，病症得到緩和，或者只是一個漫長的週期裡，最突出的階段過去，進行到一個較為容易的階段。午後的時間好捱了些，亦縮短了些。其實，油菜花依然在城市周圍盛開。

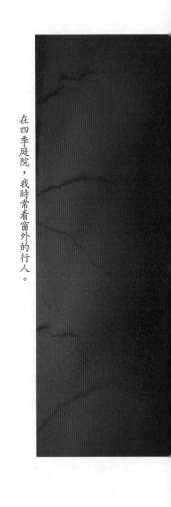

在四季庭院，我時常看窗外的行人。

漸漸地，午後那光焰四射的時間減緩了壓迫。你覺著它好是好，可已不再是那樣的不可接近，事情的轉機，說不清是怎樣開始的，有沒有契機。好像就是熬著，熬著，好熬些了，於是，可以分出點心，轉過臉，安頓一下自己。此時，略微地掌握了些主動，能夠自覺地分割午後的漫長時間。這一個時期裡，我一到中午，便挾了些報刊，去找一家咖啡餐館。如何度過午後，是從午前便開始著手準備的。要一份套餐，雖然又貴又不好吃，可是爲了對付午後的時間，也顧不上了。我時常去的這家咖啡館名叫「四季庭院」，中午幾乎無人。估猜老闆曾經在國外居住過，這咖啡館有些歐洲的風味。酒櫃上擺了家常的小物件：打筋斗的小人兒、木頭的小桌椅、小陶土罐，門口報夾裡插了時尚雜誌。我一邊吃飯，一邊看書看報，看窗外的行人。偶爾進來一對情侶，或者兩個生意人。窗外，馬路對面是太陽地，這一面在陰地裡。這一畫分，使得空間狹小了些。街面的櫥窗，車站，行人，車輛，又增添了偌多細節，便比較的滿了。光被這許多載體分配，不再是集中，龐大，無可制敵的一大塊體積，變成小而多面的零碎。雖然亦是無所不在的晶亮閃爍，可已是被瓦解，不那麼有威懾力。人，就不那麼緊張。時間悄然流逝，一點鐘，甚至兩點鐘，都過去了，然後，是午後的腹地。因是悄然而至，並不感到下陷的可怕。

　　從強光裡回到家，戶內的暗略使人心安。戶外的明麗呢，因是方才從它那裡來，亦覺著並不那麼隔膜。還是閒坐著，看書。在這病症剛剛消除的初期，並不那麼能夠專心於閱讀。排列成行的字從眼瞼裡走過，幾乎沒有留下印象。都是識得的，也成

句，就是不明白它的意義。不明白就不明白，反正是耗時間。心思在字行的軌道間前行，出軌是出軌，可也是有範圍，不會漫無邊際，無處抓撓，一下子便散了。現在，是在河床裡流，漫出來些，不久又回了進去。許多本書都是在這樣神思漫遊中讀過，讀的其實還是兩個字：時間。時間瓦解在一片字裡邊，也變得容易吞噬了。明亮的黃昏就在這有當無的閱讀中消然而至，救我攀出低谷，向令人心神安寧的夜晚度去。夜晚是有保護的，它與體內的暗度比較一致，容易協調，就安全了。午後變得順遂多了，有一點順流而下的意思，事前也就不那麼懼怕。可是，記憶中，總還是有著傷痛。

　　有時會想，是什麼療治了我呢？轉變如此和緩，沒有一點覺察。有一日，我似乎得到了答案。在我居住的小區裡，有一個老人。我想他是從鄉下來，住在發跡的兒子家中。他顯然得了重病，肢體不聽使喚，表情木訥，而且，也是抑鬱。他每日裡，從早到晚，就是在小區的健身器邊，機械地，一上一下拉著吊環。那樣子憊憊的，對世事概無興趣。大約是一年以後，有一日，我忽見他穿了新衣服，臉色紅潤潤的，有了笑意。他依然那樣機械地，一上一下拉著吊環，可漠然的表情卻消失了。就是這樣一日又一日的療治。時間折磨人的同時，亦在救治。耐心，積極心，就在這空白的時間裡積養著，漸漸填充了它的容量，使它的鋒刃不那麼尖利，而是變得溫和有彈性，容你處身其中。

　　現在，情形趨向正常。在「四季庭院」消費的積分換得一張貴賓卡之後，我不再需要去那裡啟動午後的生活，我可以獨處。只是，有時候，極好的天氣，團在沙發裡看書，忽然抬起頭，

看見窗外燦爛的日光，有一些淡影，大約是樓上人家晾的衣衫晃動，那憂鬱春日裡尖銳的疼痛就又襲來。時間在你的身外，兀自流淌著，撇下了你。或者，在這個時間裡，走在了戶外，光線如此充盈，溢滿空間，你又與你的外部隔離了。這世界也像撇下了你，自顧自地，快樂地舞著。這樣的記憶在此時出現，倒不傷身，因已是度過來，終於安全了，甚至還微有些甜蜜。但你還是會對春天保持警惕，尤其是這種特別明豔嫵媚的好天，你覺得著自己的生活，無論如何配不上它。似乎是，欲望高亢到一個極高點上，無法得到滿足，最終墜落下來，被頹唐攫住。郊外四野裡的油菜花，此時是如此激奮，誇張地吐出黃和亮，進襲這座城市混凝土的外壁，你必須經過憂鬱的歷練，才有抵抗力，抵抗春天的誘惑。

過去的生活

　　有一日，走在虹橋開發區前的天山路上，在陳舊的工房住宅樓下的街邊，兩個老太在互打招呼。其中一個手裡端了一口小鋁鍋，鋁鍋看上去已經有年頭了，換了底，蓋上有一些瘰塘。這老太對那老太說，燒泡飯時不當心燒焦了鍋底，她正要去那邊工地上，問人要一些黃砂來擦一擦。兩個老人說著話，她們身後是開發區林立的高樓。新型的光潔的建築材料，以及抽象和理性的樓體線條，就像一面巨大的現代戲劇的天幕。這兩個老人則是生動的，她們過著具體而仔細的生活，那是過去的生活。

　　那時候，生活其實是相當細緻的，什麼都是從長計議。在夏末秋初，豇豆老了，即將落市，價格也跟著下來了。於是，勤勞的主婦便購來一籃籃的豇豆，揀好，洗淨。然後，用針穿一條長線，將豇豆一條一條穿起來，晾起來，曬乾。冬天就好燒肉吃了。用過的線呢，清水裡淘一淘，理順，收好，來年曬豇豆時好再用。縫被子的線，也是橫的豎的量準再剪斷，縫到頭正好。拆洗被子時，一針一針抽出來，理順，洗淨，曬乾，再縫上。農人

弄堂裡過去的生活。

老太太一邊撿著乾菜，一邊用腳爐取暖。

插秧拉秧行的線，就更要收好了，是一年之計，可傳幾代人的。電影院大多沒有空調，可是供有紙扇，放在檢票日的木箱裡。進去時，拾一把，出來時，再扔回去，下一場的人好再用。這種生活養育著人生的希望，今年過了有明年，明年過了還有後年，一點不是得過且過。不像今天，四處是一次性的用具，用過了事，今天過了，明天就不過了。這樣的短期行為，揮霍資源不說，還揮霍生活的興緻，多少帶著些「混」。

梅雨季節時，滿目的花尼龍傘，卻大多是殘敗的。或是傘骨折了，或是傘面脫落下來，翻了一半邊上去，雨水從不吃水的化纖布面上傾瀉而下，傘又多半很小，柄也短，人縮在裡面躲雨。過去，傘沒有現在那麼鮮豔好看，也沒那麼多的花樣：兩折、三折，又有自動的機關，「嘩啦」一聲張開來。那時的傘，多是黑的布傘，或者蠟黃的油布傘，大而且堅固，雨打下來，那聲音也是結實的，啪、啪、啪。有一種油紙傘，比較有色彩，卻也比較脆弱，不小心就會戳一個洞。但是油紙傘的木傘骨子排得很細密，並且那時候的人，用東西都很愛惜。不像現在的人，東西不當東西。那時候，人們用過了傘，都要撐開了陰乾，再收起來。木傘骨子和傘柄漸漸的，就像上了油，愈用久愈結實。鐵傘骨子，也絕不會生鏽。傘面倘若破了，就會找修傘的工匠來補。他們都有一雙巧手，補得服服貼貼，平平整整。撐出去，又是一把遮風蔽雨的好傘。那時候，工匠也多，還有補碗的呢！有碎了的碗，只要不是碎成渣，他就有本事對上茬口，再打上一排釘，一點不漏的。今天的人聽起來就要以為是神話了。小孩子玩的皮球破了，也能找皮匠補的。藤椅，藤榻，甚至淘籮坏了，是找篾

匠補。有多少好手藝人啊！現在全都沒了。結果是，廢品堆積成山。抽了絲的絲襪，斷了骨子的傘，燒穿底的鍋，舊床墊，破棉胎，……現在的生活其實是要粗糙得多，大量的物質被匆忙地吞吐著。而那時候的生活，是細嚼慢嚥。

那時候，吃是有限制的。家境好的人家，大排骨也是每頓一人一塊。一條魚，要吃一家子。但肉是肉味，魚是色味。不像現在，也是催生素催長的。魚呢，內河污染了，有著火油味，或者，也是催生素催長的。那時，吃一隻雞是大事情，簡直帶有隆重的氣氛。現在雞是多了，從傳送帶上啄食人工飼料，沒練過腿腳，肉是鬆散的，味同嚼蠟。那時候，一塊豆腐，都是用滷水點的。綠豆芽吃起來很費工，一根一根摘去根鬚。現在的綠豆芽卻沒有根鬚，而且肥胖，吃起來口感也不錯，就是不像綠豆芽。現在的東西多是多了，好像都會繁殖，東西生東西，無限地多下去。可是，其實，好東西還是那麼些，要想多，只能稀釋了。

這晚，去一家常去的飯店吃晚飯，因有事，只要了兩碗冷麵。其時，生意正旺。老闆和伙計上上下下地跑，送上活蛇活魚給客人檢驗，復又回去，過一時，就端上了滾熱的魚蝦蛇鱉。就是不給你上冷麵，死活催也不上，生生打發走人。現在的生意也是如此，做的是一錘子買賣。不像更遠的過去，客人來一回，就面熟了，下一回，已經與你拉起了家常。店家靠的是回頭客，這才是天長日久的生意之道。不像現在，今天做過了，明天就關門，後天，連個影子都不見了。生活，變得沒什麼指望。

出巡回來樂遙遙

　　上海博物館的明清家具展館裡，有一套隨葬品，是一九六〇年八月從上海肇嘉濱路出土的，墓主名叫潘允徵，明嘉靖至萬曆時人，歷任光祿寺掌醢監事，官從八品。他的隨葬物有兩部分，一是小小的一批木雕俑，中間一領小轎，是以他生前出巡的樣式排列；二是一套同樣尺寸比例的櫸木家具。

　　這套家具裡，有一張床，像寧式大床那樣有帳架，懸了帳勾，張上帳子就成了一間內室。但不像寧式床那麼華麗，帶些西方羅可可風，雕花繁瑣奢靡。而是很簡潔，是明式的格調，也是為官人家不玩物的整肅風氣。但床前卻很樂惠地擱了一張踏腳凳，供上下床踩腳用。有箱籠、大櫥、桌椅。桌椅不是堂皇規矩，需正襟危坐的客廳桌椅，用來見官或者見民，倒是自己屋裡邊起坐的，頂多來個一二至交，一起小酌。又有一張睡榻，可半躺半靠地歪著說話。睡榻的樣式則是尋常人家的樣式，到如今夏日季節，滬上大小弄堂裡擺開乘涼的，還是這種。最可心的是有一個炭盆，略寬的盆沿上，溫了一吊水，邊上則是一個腳盆。

　　可以想見，那小官乘了轎，帶了一小隊隨從，擺著小小的

譜，外出兜一圈回家來。炭盆暖烘烘的，水已經溫了，伺候著他燙了腳，換了家常衣服，斜在榻上舒坦著，甚是享福。還可以想見，這小官對他的生活很滿意，希望來世也這麼過著，所以囑後人依著今世裡的樣式，替他置一套。他倒沒有一點看破紅塵的意思，也不駭怕來世，還是想把這日子一逕地過下去。不是大富大貴，只是小康，是滬上百姓說的「小樂惠」，卻最是踏實了。

從字面上看，他這個官，「光祿寺掌醢監事」，不曉得是不是管替皇上做醬的。總之，是管吃的。所以，他才會「小樂惠」吧。他還是看到皇帝不過吃碗梢子麵，又有什麼呢？要輪吃，他一定是要比安徽淮北出身的明皇帝有口味，於是，就更自得了。

從他的墓葬地來看，他大約是告老還鄉，在此地頤享終年。上海明嘉靖年間有一望族潘氏，父親潘恩，嘉靖進士，因抵抗倭寇有功，做官一直做到左都御史，兒子名潘允瑞，聽起來像是那小官的叔伯兄弟，因那潘允瑞的親兄弟似乎只一個，叫潘允亮。這潘允瑞也是個進士，在天津、淮北、四川做地方官，政績一般，出名出在替他母親造了一所大院子，就是豫園。占地七十餘畝，歷時十餘年，內有廳堂、樓閣、奇石、古樹，盛名遠揚。在族人繁花似錦的蔭罩下，潘允徵依然安心過著他的小日子，從他的後事裡看，也並不看出有什麼怨艾，也不看出對人家的顯赫有什麼羨嫉，而是一派心平氣和。

再看那潘允瑞的園子，在他死後，家道衰落，便落入外姓人，孫女婿張肇林手中。等張肇林也死了，園子便徹底荒了，成了廢墟。雖然以後又重新修起，其實已不再是潘家的園子，只是個舊址。聽起來倒是悲涼得很。

在魯迅像前於日本。

永不庸俗

—— 紀念魯迅先生發言

　　我們有幸生活在這個城市，魯迅先生生活與終年的地方。他和許廣平先生在這裡建設了他的大家庭之外的小家庭，生下了海嬰。他們一家幾經遷移，最終定居在虹口區山陰路，一條規模甚大的新式里弄裡的一幢房子，身前身後，簇擁著無數同樣格式的房型，裡面的中等人家，以及他們為柴米油鹽所忙碌的生計。魯迅先生病中，夜裡，要許廣平先生開了燈，看來看去看看的，就是這裡，為煙火氣熏暖的四壁牆。先生，一個思想者，在這溫飽的市民群裡，卻將他思想的力度磨礪得更為尖銳、強大。在務實與短見的風氣裡，不免會走向孤憤，可正是這孤憤，在這庸常人生的頭頂上，開拓了一片高遠廣闊的精神天空。在夜裡，病中，開了燈，看來看去看看的，一定不止是這四壁牆。先生的目光，穿透出去，抵到這暗夜中，水泥世界的何處？我們平凡的眼睛，真的是追不上的。

　　一九三六年六月二十三日，魯迅先生逝世前大約四個月的時間，先生已是「連拿一張紙的力量也沒有」，由他口授，許廣平

先生筆錄的《蘇聯版畫集》序中，有這樣幾句：「這一個月來，每天發熱，發熱中也有時記起了版畫。我覺得這些作者，沒有一個是瀟灑、飄逸、伶俐、玲瓏的。他們個個如廣大的黑土的化身，有時簡直顯得笨重……」在那個市民階層興起，報業發達，大小副刊充斥了輕俏的花邊文字，「薔薇薔薇處處開」的摩登年代，先生頌揚的，是：「如廣大的黑土的化身，有時簡直顯得笨重……」這樣沉重與深刻的品質。這品質的由來其實是一個義務，擔當人類的不平、苦痛，開鑿未來。這也是先生自承於肩，終其一生的文和行所實踐的。在這利己的享樂的都會空氣中，這聲音自然是孤憤的了。

可是，倘若沒有先生，忙碌的衣食生計中沒有先生的這一份思想的勞作，這城市會是如何的面貌？那擠挨著水泥塊壘，因而陰影幢幢，然後又被風月蒙上一層微明的不夜天，先生的「笨重」的思想，投下巨大的黑暗，將悉數瑣碎籠罩住，於是，一些狗肚雞腸的哭笑偃止了聲色，收攏與集合起，增積體積與重量，化爲蛻變的生機。

這個城市，從先生身後，走過許多艱澀滯重的時日，人世在漸漸地變好。先生看蘇聯紅場上遊行的紀錄片時，對海嬰說：我看不到，你可看到的情景，已經演過，紅場亦已謝幕。許多尖銳的衝突緩解了，或者說換了方式，世界在走向協調、和平，共同進步。同時，又產生出新的差異和問題，向人們提著更高的要求。生活仍然是嚴峻的，不容思想者懈怠努力。在現今的經濟結構轉型階段，市場的興起推我們追趕上現代化的腳步，卻也帶給我們困擾。文化市場爲追求最大效益，不惜迎合庸俗的趣味，

創造者迎合市場，寫下規避現實的粉飾文字，「瀟灑、飄逸、伶俐、玲瓏的」寫作者迅速產生，壅塞了這個城市，爲這個城市披上一件輕薄亮麗的外衣。現在，三十年代的「摩登上海」又登上舞台，靡麗的聲音不絕於耳，而我情不自禁地，要在其中追尋先生的身影，那笨重的，巨大的身影，因有了他，「三十年代」便不止是摩登、風月，夜夜笙歌，還是鐵流、吶喊、堡壘。

　　我禁不住要想起先生，揣測先生，在今天會發出怎樣的聲音？而我又似乎已經聽見了先生的聲音，他的六十年前的聲音，在今天依然有聲響，依然鏗鏘有力，依然有針對性。這孤寂的聲音，穿透了多少年周而復始的時尚，潮流，至今還是新音嘹亮。那些與先生故居相似的舊裡房子，大多已成爲推土機下的瓦礫，碾碎了再起新高樓。在那壁縫裡，還響著先生的沉重的足音，警示我們，不可墮落庸俗。我們切不可使器重後輩的先生失望。

陪宗璞老師夫婦參觀上海左聯作家故居。

第2輯

我是一個匠人

乘火車旅行

　　乘火車旅行是人生必不可少的經驗。它可使我們體味到告別和迎接的過程。窗外的景色以如歌行板的節奏一一過來又一一過去，這景色總是連綿不斷，沒有盡頭。新的一幕出現了，倏忽間又過去了，歡欣與痛惜的心情接踵而來，一層漫過一層。我們剛剛獲得新的景色，緊接著就是失去，而失去之後，更新的獲得來臨了。我們一會兒悲觀，一會兒樂觀，總沒個平靜的時刻。

　　我有時面朝火車行駛的方向而坐，田野懷著陽光和陰霾撲面而來，令人喜不自禁，然後它躍過我們的肩膀，從背後一去不返，令我們措手不及。告別和迎接在剎那間完成，心會緊收一下，又張開，急促地吞吐著離合的悲歡。後來我們有了準備，知道迎面而來的一切都將過去，我們便盡情地享受與它們愈來愈接近的時刻，我們極目遠眺，當它們影影綽綽的時候，已將它們收入眼簾。這可以延長我們接近獲得的欣喜之情，使這欣喜之情足夠抵償失去時的黯然神傷。它們是在與我們最終接觸的那一瞬間陡然逝去，這帶有決斷的表情，還帶有義無反顧的表情。這在一

塞外風光。

瞬之間鍛鍊了我們的決心，使我們免遭纏綿感情的折磨。

　　還有些時候我們是背朝火車前行的方向而坐，這是一種極其傷懷的告別與迎接的方式。新來的景物是從我們背後漫到眼前，它們一上來就帶著逝去的命運。它們是一點一點離我們遠去，無可挽回。我們眼巴巴地看著它們漸漸走出我們的視線，痛惜哽住了我們的喉頭。我們還將伴隨這逝去的情景一段時間，飽受離別之苦。當它們遠去的時候，由於難以捨卻，它們每一點細節都抓住了我們的心。它們模糊的最後一點影子都不放過我們。它們到來的喜悅是那麼短暫，一下子便被離別淹沒了。它使我們的注意力全部凝聚在這告別的哀婉儀式上。

　　這兩種過程交替地出現在乘火車旅行的途中，只有乘火車旅行才可體驗與比較這些過程，像乘飛機這樣的旅行方式卻將過程省略，只留下結果，它節約了我們的情感，使我們心靜如止。這其實是一種損失，損失了心理的經驗，這些經驗是生命力滋生滋長的源泉，帶有活水的性質。所以，我們有時候，要乘火車旅行。

龜背

　　這盆龜背來到的時候，只有兩片葉子，一片是扦枝上的老葉，一片是扦插後發出的新葉。兩片葉子都小而孱弱，顏色卻是老綠，好像沒長大就已經萎頓了。它沒有透露一點生機，反是隨時都可死去的樣子。時節又逢深秋，外面的樹木都在落葉，花草也在謝幕，即便是常青植物，也正準備進入冬天的休眠，看上去是一股沉鬱的氣息。於是，這龜背的前景便更渺茫了。

　　由於它令人沮喪，所以極少去注意它。而它卻在落寞中擠出了針尖似的一個芽，那是在兩片葉子之間，那片新葉的根部。這個芽長得實在太慢，甚至有一個時期使人懷疑那是不是一個芽。可它卻頑強地生存著，並且發出了嫩綠的顏色。一整個漫長的冬天，它只是從一根縫衣針長成一根縫被子的針。這是一個僵持的階段，可是終於贏得了注意。其時，這是一卷葉子無疑了，接下來的問題是，它將如何打開，變成一片葉子。

　　這一幕卻出人意料，它竟是以這樣的姿態打開。每一天只有一點點，可每一點都加強著它的生動的表情。它是含羞的，試探

的，小心翼翼的，略帶幾分忸怩的，張開一點，再張開一點。它的姿態便愈顯嫵媚，婀娜。此時，只能看見它的背面，這裡有纖細而清晰的經脈，均衡地伸展開去，布滿全局。葉子最後的張開，多少帶些豁出去無奈何的神情。它似乎是憑著一股子衝動，不管不顧地橫命一伸，於是，整張葉子展開眼前，一覽無餘。

這樣，龜背就有了第三片葉子。兩片老的，托著一片新的。新葉是嫩生生的綠，葉面就像上了一層釉，水灑上去，便滾成水珠迅速地滑落下來。它很小，卻很完美，呈桃形，圓圓地收攏成一個精巧的葉尖。嫩綠漸漸成了老綠，那兩片顏色依舊。三片葉子組成一個有序的整體，看上去也很完美。接下來就又有了一個懸念，第四片葉子將在何處插足？它是否會打破和諧？

第四片葉子的來臨似乎有些猝不及防。所有的鋪墊都在加速進行。先是那三片葉子突然間改變了關係，都在各自後仰，分開彼此的距離。根部不再是緊貼著，而是努力張開，留出空隙。世間所有的生育其實都很相像，都是從母體的根部孕育，然後分杈，誕生出新的生命。並且，一代生一代，絕不跨越和替代。第四片葉子在那片新葉的根部鼓起，露頭，長出，張開。它的姿態要潑辣多了，也蓬勃得多。它竟長成了一片大葉子，要大過原先的二三倍，也要高過二三倍。它昂然挺立在那三片小葉之上。秩序打亂了，畫面不再均衡協調，可它的確存在，使得事情就好像本來就是如此，沒什麼可商量的。

新的均衡尚在醞釀之中，遠遠沒有形成，開始的勢態甚至是相當的亂。第五、第六，還有第七片葉子相繼來到，一片比一片大，一片比一片高，由於生長過速，葉莖都有些瘦弱，難免東倒

西歪的。而最初的老葉，那第一片葉子卻迅疾地黃了，變成一片枯葉。倘若不是有這龜背，是看不出春天的忙碌和活躍。一覺醒來，百廢待興的樣子。這時候的葉子，已經來不及留下生長的印象，總之都是迅速地鑽出根部，茁壯的一大卷，怒放開來，展平後還在繼續擴伸，日長夜大，全是巴掌大或大過巴掌的一葉。再從嫩綠長到老綠，而無論新老，那綠都要肥厚得多，豐滿得多，新的均衡和協調似乎很難形成，形勢比較複雜，處在不停頓的變化之中，有一種動力在不安地湧現，打破著平衡。這盆龜背看起來有些不成形，歪扭七八的，但是它的盎然生機掩蓋了所有外部的缺陷。

與此同時，還有一個懸念沒有解決，那就是，至此它還是生長著南瓜樣的整張葉子，沒有開豁的跡象，每一卷葉子都是完整地打開，只得將希望寄在下一卷，可下一卷依然是完整地打開，展平。好在，總是有新葉在孕育中，回應著期待。終於，在第八片葉子上，看到了斷裂的痕跡，是一個豁口無疑了。這時節，第二片葉子也凋謝了，躺在了泥土裡。三片小葉只剩一片，很不起眼的，已與大局無礙。而那四片大葉則粗壯了許多，新的格局似已看到了雛形。那第八片，有斷裂痕的葉卷，在這四片的大葉之間占據了一個位置，徐徐地展開，兩邊各有一道豁口，只在邊邊上連著。這是一張真正的龜背葉，葉面上的經脈由於這豁口而走向曲折，可依然是單純和均勻的，遍布全局，無法想像能有其他選擇，是最佳，也是唯一。它所占據的位置也非常恰當，它使得葉子和葉子的關係，顯得適如其分。於是，這盆龜背又一次獲得了穩定感。

其時已是初秋，龜背它度過了一個完整的四季，再將走進休眠，可已經此時非彼時了。

辦公室的回憶

　　常熟路，靠近淮海中路，再嚴格說，是長樂路口，有一幢外型像一艘客輪的四層樓房，就是《兒童時代》雜誌社，我在那裡上過九年班。

　　說它像客輪，除了形狀，高度，圓角的外陽台就像船舷上的過道，還因為它有著舷窗一樣的圓型窗。從裡面看，圓型窗正是在樓梯拐角處。這是一幢公寓樓房。那時候，許多辦公室都是在老式的，殖民氣息的樓房裡。這裡共有四層，每層兩套公寓，門，相對而開，在樓梯的兩側。《兒童時代》社占了整個二層，一側編輯部，一側出版，財務，後勤，再加一個小資料室。三層是《兒童時代》所直屬的中國福利會機關，四層則是中國福利會的國際顧問耿麗素女士的辦公室。這是一位美國老太，長年生活在中國，為中國福利會處理一些國際關係。她還有一位翻譯，從我們那時候的年紀看，也可算是一位老太了。看上去十分的家常，並不像一位職業女性，而是像一名操勞的主婦。就這樣，她們一中一美兩位老太，靜靜地在四樓辦公。偶爾地，我們會和耿

麗素女士在樓梯上相遇。以她的年歲和發福的身量，走上四樓顯然有些吃力了，所以就在每一層上歇腳。我們客氣地向她笑笑，然後就害怕似地匆匆走過去。其實，我感覺，她是挺希望我們能在她身邊多停留一時的。無論是多麼長年的中國好友，總歸是身在客邊。原先，我們有兩位顧問，但此時，那一位已經回美國了，他的中國名字叫譚寧邦。聽人們描述，他似乎是個性格開放的人，中午休息時，他會下到底層，與年輕人打一場乒乓。他還出任一部電影的男主角，就是《白求恩大夫》，著名演員英若誠演他的配角，一名譯員。

底層是食堂，會客室，還有乒乓室。緊挨著我們的隔壁，有一片米店，店名是我們雜誌社的社長題寫的。這是一名老出版人，致精於出版行業的每一個環節。他絕不允許我們出一個字的錯誤，以及排版上的不講究。我們一來，他就與我們上一堂版面課，教給我們一些行話：版面的上端為「天」，下端則是「地」，超出「天地」了，也叫作「出血」。出於職業的習慣，他走在街上，也檢查著商店的招牌，還有路牌，不時指出，「這是一個白字」，「那個字出血了」。他早年從事共產黨地下工作，坐過日本人和國民黨的監獄。因為有這樣的經歷，到了一九四九年後的屢次運動，很自然地，又進監獄。他好像有著一份專在監獄中使用的生活用品，其中有一個布袋，盛炒黃豆。他的胃已經叫監獄生活折磨壞了，他就用吃炒黃豆來實行「少吃多餐」的醫囑。我覺得他不像是那種有著遠大信仰的布爾什維克，他的氣質更接近一個報館或書局的職員：勤勉、謹慎、克己、務實，有一些世故，世故底下是通達的人性。其實就是憑這，他度

63

過了那些艱難的起落的歲月，保持著健全的精神。

相比起我們這邊的，較為嚴肅的編輯來，那邊的總務人員似乎更有趣些。有一個老財務，特別的節儉。他的褲腰上掛著叮叮噹噹一大串鑰匙，向他領一沓信封，或一個鋼筆尖，他就從中挑出一把，打開某一扇櫥門，將東西取出，鄭重交到你手上。他買來膠水，就忙著往膠水裡摻自來水。設計信封呢，要裁小一些，比通常的尺寸小去一殼。搞出版的，人稱「太龍哥哥」，無論老小都這麼叫。出典是他來到我們社不久，他的揚州鄉下的妻子來找他，問門房說：太龍哥哥在哪裡？「太龍哥哥」這幾個字，用揚州話說來大不一樣，有一股鄉氣的嫵媚。所以，大家也都是用揚州話來稱他的。

這些人和事，是在我進《兒童時代》的時候，「文化革命」過去，剛剛復刊的一九七八年。我們的房子是乳白色的，後來新刷了一遍淺藍色，在這過於柔嫩的顏色下，牆面反露出了一些敗跡，顯得舊了。現在《兒童時代》社已經移出了這幢樓，裡面也大都是新人了。

回憶文學講習所

　　我們那時候，魯迅文學院是叫「文學講習所」，沒有自己的校舍，臨時設在朝陽區委黨校裡面。黨校周圍空落得很，出了院門，走一段，才可抵到一個勉強可稱爲「街」的地方。那裡有一個菸雜食品店，小是不小，可裡面也是空落落的。早春乍暖還寒的天氣，商店門口，掛著一幅厚重的棉簾子，粗藍布，絎著線，就像一床農家用的被子。路對面，還有一個小小的郵局。邊上呢，是十八路公共汽車終點站。就這樣，生活起居就是這樣簡單。大約過了一個月的光景，黨校周圍的草木綠了起來。不是像江南地方的蔥蘢的綠，但樹身高大，枝葉錯亂著伸展得很開，草呢？七高八低地冒出來，就有了一種龐大和雜蕪的春意。吃過晚飯，我們成群結夥，在黨校後邊散步。記憶中，那裡有一兩幢住宅樓，兀立於空地上的大樹，一道丘陵般起伏的土崗子，崗上有雜樹林。我們散步過了，回到黨校，各自用功去了。

　　宿舍是四個人一間，我們僅有五個女生，住走廊盡頭的一大間。原先班上只有三個女生，這樣不是要浪費一個名額了？校方

又從地域出發，覺得上海這個城市僅只有竹林一個學員似乎委屈了，便委託上海少兒出版社，再推薦一名女生。恰巧，我正開始寫作兒童文學，又不像其他幾名候選人，比如王小鷹那樣，在大學本科就讀。於是，我趁虛而入，進了講習所，在我來了之後，北京又將一名男學員換成了女學員劉淑華。所以，老師們有時會和我開玩笑：要是劉淑華先來，你就來不了。這眞是萬分幸運的事，想起來都有些後怕。我將進講習所看得很重大，我也知道並不是所有人都這麼看的，不是有人不來嗎？先是賈平凹，後是毋國政，最後才換上劉淑華。可這影響不了我。講習所是我生活的轉折點。

我們才來不久，就搬了一次家，從走廊那端的四人間搬到這端的五人間。後窗正對著後院，院裡有一個浴室，每周六燒鍋爐供熱水。先是女生洗，再是男生洗。浴室很小，不曉得出於什麼樣的原理，就像一個共鳴箱，將聲音放得很大，從頂上的小汽窗送了出來。坐在我們的房間裡，哪怕關著窗，浴室裡的聲音也清晰入耳。並且，很奇怪地，他們男生進了浴室，都喜歡唱歌。像賈大山這樣，平時緘默的人，也放開嗓子唱起來，唱的是他們那地方的戲曲吧？很高亢的聲腔。等洗澡的喧嘩過去，後院便靜了下來。

課堂是兼作飯廳的。前面是講台和黑板，後邊的角落裡，有一扇玻璃窗，到開飯時，便拉開來，賣飯賣菜。裡面就是廚房。所以上課時，飯和饅頭的蒸汽，炒菜的油煙，還有魚香肉香，便飄忽出來，瀰漫在課堂上，刺激著我們的食慾。一九八〇年的北京，吃，還是一個問題。飯票是分作麵票和米票的，十斤全國糧

票，只能換四斤米票，其餘六斤是麵票，到現在還記得米票的樣子，是一分錢紙幣的大小，牛皮紙的顏色，用黑色的墨印著「米票」的字樣，四兩爲一張。這樣比例的米票，對於吃慣麵食的北方人來說，正夠調劑口味，而南方人，可就苦了，那時候，油糧都是定量供給，一個人一個月的地方糧票，要搭上一人一月的油票，才可換三十斤全國糧票。我要是多向家中要全國糧票，就等於克扣家中的吃油了。所以，我無論如何，也不能花費超出定量的飯票。愈是這樣米票緊張，愈是能吃米。四兩一滿碗的米飯，一眨眼就吃下去了。與此同時，是對麵食不恰當的厭惡，以至到了後期，聞到蒸饅頭的酵粉的微酸的蒸汽，就要作嘔了。可是，沒有辦法，還是要吃。別人似乎多少有些辦法，在北京有一些關係，可多得幾張米票。他們也會勻給我幾張，雖然有限，但聊勝於無。有一回，我在賣飯的窗口，與裡面商量，能不能用麵票當米票用，只此一次。那食堂工作人員很和氣，卻很堅決地，不肯通融。排在我後面的，吉林作家王世美，目睹了這一情形，二話不說，從兜裡拔出一捆米票，刷，刷，刷，抽出一堆米票在我面前。

　　不開課，也不開飯的時候，我們會到這裡來寫東西。東一個，西一個，散得很開，各自埋頭苦作。遇到不會寫的字了，就轉過身去問：「陳世旭，『兔崽子』的『崽』怎麼寫？」越過幾排桌椅，遠處的莫伸則插嘴道：「安憶也要用這樣粗魯的字嗎？」有一些小說就是這樣寫出來的。環境是雜一些，可心都是靜的。我更喜歡在院子一側的，另一座平房裡的，小會議室寫東西。小會議室很小，中間一張拼起的長桌，周圍一圈椅子。我們

就圍著桌子，各寫各的。這裡空間小一些，也隱蔽一些，就比敞開的大飯廳裡更有一種靜謐的空氣。中間進來一個人，將手中的茶杯往桌上一放，發出「咯」的一聲。於是，都從草稿本上抬起頭來，去看新進的人。日光燈下，低頭低得久了，猛抬起來，看出去的人臉都有些發黃，而且恍惚。復再低下頭去，紙面上就有了一圈圈的光影，過一會兒，才散去。小會議室外的甬道邊，有一棵，還是一行大樹，是不是槐樹？我不認樹，記憶也模糊了，只知道枝條很粗，葉片很大，一層層的。月光將影子鋪在地上。晚上，收拾了紙筆，從樹底下，深深淺淺的影子上面，走回宿舍去，北方的月亮也是很大的。

寫作總是在晚上，因為白天課排得很緊，老師對我們說：不要錯過聽課，寫作的日子長呢？還許諾給我們，在學習期末一定安排寫作的時間。一周六天，上午下午都排了課時。古典，西方，現當代，基礎類的，思潮性的，理論的，實踐的——這是請著名的作家來作創作的經驗談、我們聽了多少課啊！有一位北大的老師，來講俄國文學，講《安娜·卡列尼娜》，說貴族的社交場，主要是舉辦舞會。他走到講台前邊，離我們很近地，用手罩著嘴加了一句：就像我們的開會！他講得很好，上午講完了，我們要求他下午接著講。老師真地將他留了下來，吃了一份客飯，睡了一個午覺，又講了半天。吳組緗先生講《紅樓夢》也是這樣。一次不夠，再讓老師去請來講第二次。因此，在規定好的課程外，又有些即興的，多加出來的課。

吳組緗先生講《紅樓夢》，至今還在眼前。他微側了身子，坐在講桌後面，擺開長談的架勢，談興很濃。說到激動的地方，

就隔了講桌欠過身子，眼睛很亮地盯著前排的學員，好像要問他：你說是不是？他講他的一個瑞典還是哪裡的外國留學生，跟他學了三年的《紅樓夢》，臨畢業時，向他提了一個問題。大意是從地形上看，怡紅院和瀟湘館實是不遠，他們為何不能同居，抑或是出走？吳先生說，聽了他的問題，便感到這三年是白教了，因他不懂得中國的社會，所以就不懂得寶黛的悲劇。你們知道嗎？黛玉為什麼老是和寶玉吵。吳先生問大家。黛玉為什麼這麼彆扭？老要試探寶玉，而寶玉一旦表露心跡，她又要說寶玉欺負她？然後，吳先生便說到男女大防。在婚前，不能有一點點有涉的，否則，即便像寶玉與她這樣的兩情相知，都難免會小視她。他們就必須借別的一些事來談情。在他們感情史上決定性的一次交流，是寶玉挨賈政的棒子。黛玉去探望，說道：「你從此可就改了吧！」寶玉回答說：「你放心，別說這樣話，就便為這些人死了，也是情願的。」吳先生認為這是大有深意的，其實是寶玉向黛玉的徹心交待，而黛玉也聽懂了。所以，在此之後，黛玉再沒同寶玉鬧過小性子。可是，吳先生不禁憤怒起來，越劇《紅樓夢》竟然將情節順序顛倒了，將黛玉在怡紅院吃閉門羹，與寶玉生隙這一場，放到了寶玉挨打之後。寶玉已經向她說了：就便為這些人死了，也是情願的。這裡的「這些人」，就是黛玉啊！黛玉怎麼會再對他生疑？這是大大的錯誤！吳先生感情十分投入地認為，「金玉良緣」是個陰謀，書中有許多跡象，證明薛寶釵對賈寶玉窺覷已久。比如，薛家進京，說是送寶釵宮選，可是為什麼後來就不提了，再沒有下文了呢？吳先生從講桌後面欠過身子問我們大家。還有，不是說寶釵「不愛花兒粉兒」，裝束

簡樸，可為什麼偏要時時帶個項圈？吳先生講《紅樓夢》真是好聽，就像在與你辨析一段世事，其中深諳著許多緣故端底。

聽課以外，還舉辦過幾次課堂討論。記得有一次，好像是假期過後的一次，討論小說形式的創新。賈大山很認真地準備了一份書面發言，逐字逐句地念。方才說過，他是一個緘默的人，但也可能是在公眾場合，私底下，他或者是相當善言的。那時候，我們班上的學員也是一撥一撥的，由於年齡，經歷，還有地域的差別，他不是我們這一撥的。所以，我們看到的矜持的賈大山，就只是表面。即便是從表面上，也還是可以看出他的活潑與俏皮。在他無限懇切的表情之下，隱忍著一絲明察秋毫的笑意，就是這，使他雖然沉默寡言，卻絕不是乏味的了。這一天，他在討論會上專門談意識流。這時節，意識流是個新概念，它給我們保守了多年的小說帶來了一個新的契機，已經有意識超前的作家在使用它了。儘管還並不完全了解它內部的，心理學和語法學背景下的含義，但僅止是表面上，它的那種將敘述切碎，又將某種細節誇張了的方式，就足夠我們見識的了。這時節，剛剛走出封閉，世界一百年的思潮向我們撲面而來，都來不及地聽，看，汲取。賈大山發言中說，他在假期時，也寫了一篇意識流的習作。現在，他就將這篇習作念給大家聽。他的小說是寫收割的，記得最清楚的，是關於田野裡草帽的描述，大致是：草帽，草帽，草帽，大的草帽，小的草帽，起伏的草帽，旋轉的草帽，陽光爍爍的草帽，草帽，草帽，草帽……大家早已笑得前仰後合，而他始終不笑，堅持將小說讀到底。他以農民式的狡黠表達了對這些半生不熟的現代小說觀念的懷疑，其中是有一些保守，可是也包含

著堅守的態度，堅守他一貫遵守的經典敘述原則。直到他終年，他都沒有向敘述的嚴格性妥協過，他不多的那些小說，無一不是遵循著經典的原則。

我忘不了，有一次在水池邊洗衣服，遇到賈大山，他對我說：你發在《河北文藝》上的〈平原上〉寫得不錯，我和張慶田——就是《河北文藝》主編——說，這孩子會有出息。〈平原上〉是我的第一篇小說，還是由我媽媽送到《河北文藝》去發表的，多少帶有些「後門」的性質。一篇三千來字，排在很後面的小稿，誰能看見呢？可賈大山看見了，還斷定我會有出息，真是莫大的鼓舞啊！而我相信賈大山的眼光，也相信他的誠實天性，他不會是因為我媽媽的緣故恭維我。

當時，在講習所，我可實在是沒本錢，倘若不是前面說的那個偶然因素，我是進不來講習所的。周圍的同學們，我只在雜誌上讀到他們的名字，都是我羨慕和崇拜的人。然而，大家都對我很好，並且，我也能看出，這裡邊並不全是因為我媽媽的緣故，我得到了許多真誠的關愛。同學中，有不少在當地主持刊物的工作，他們竟也來向我約稿，這其實是很冒險的。由於講習所集中了這麼一大批新時期文學的中堅分子，編輯就絡繹不絕地前來約稿，可是沒有人向我約稿。再是自謙，也是不自在的。逢到這時候，我便知趣地走開去。我也忘不了東北作家王宗漢，他約我為他主編的《江城》寫一篇小說，我如期寫完，交給他。他看了之後卻說：這篇給《江城》可惜了，我替你給了中青社的《小說季刊》。這篇小說就是〈小院瑣記〉。還有蔣子龍，約我給《新港》寫的〈命運〉，當他在飯廳裡和我談修改意見時，我激動得

氣都急了。我覺得他們都很像我的兄長，一點不嫌棄我，在我最需要幫助的時候，提攜了我。

　　大約是在講習所學習的後半期，不知如何開的頭，興起了舞會。周末晚上，吃過晚飯，將桌椅推到牆邊，再拎來一架錄音機，音樂就放響了。先是一對兩對比較會跳和勇敢的，漸漸的，大家都下了海。那時候，大多數人都不大會跳，而且，跳舞也顯得有些不尋常。所以，跳起來，表情都很肅穆。要羅曼蒂克地，一邊閒聊一邊走舞步，那是想也別想。在剛開放的年頭裡，每一件新起的事物，無論是比較重大的，比如「意識流」的寫作方法，還是比較不那麼重大，跳舞這樣的娛樂消遣，都有著啟蒙的意思，人們都是帶著股韌勁去做的。記得那年的「五一」節，講習所放假，張抗抗挑頭，我、陳世旭、艾克拜爾，還有葉辛，一行五人去八大處玩，在一處空著的偏殿裡，傳出節奏激烈的音樂，大家爭相擁去，將偏殿圍得水洩不通。偏殿裡有七八個男女在跳搖擺舞，地上放著架錄音機。他們穿著喇叭褲，女孩子穿著男式領腳的襯衫，襯衫下擺束在褲腰裡，十分摩登。看上去，他們也算不得會跳，胯和腰的扭動有些生硬，也並不都能踩在點子上。可他們頑強地扭動著腰胯，一曲結束，便有人立即過去，將磁帶翻個面，再續上一曲，接著往下跳。

　　講習所舞會開張，黨校食堂裡的幾個年輕人也來參加，帶來了錄音機，磁帶，還有舞伴。他們都比我們會跳，可做我們的老師。再後來，有些雜誌社的編輯也來赴我們的舞會。後來，我們安排到北戴河度假，也帶著錄音機和舞曲的磁帶。晚上，我們走到海灘去跳舞。夜晚的北戴河，與白天很不一樣，顯得相當荒涼，

與講習所老同學。左起蔣子龍、我、葉辛、張抗抗。

海和天都很黑，而且空闊。海水一層層地拍著岸，聽起來沒什麼聲響，可錄音機裡的樂曲卻變得虛弱了，原來，它們是有著巨大的轟鳴。說實在的，舞興也不怎麼樣，柔軟的沙地裏著腳，走不開步子。我們還是堅持跳著。不一會兒，四周就圍上了一些當地的小孩子，站，或者蹲在暗夜裡，默默地望著我們動來動去的身影。

那時候，生活是簡樸的，講習所裡有一台彩色電視機，還不如黑白的清楚。永遠調不準頻道似的，所有的圖像都在不停地抖動和變形。偶爾碰巧了，出來一個盛裝的女人，報幕還是歌唱，大家便驚異地問：這是誰？其中一個就回答：誰？妖精！又有人逗蔣子龍的小男孩，問：你家有嗎？有！幾個色？兩個色！什麼色？黑的和白的！小男孩反應特別敏捷，應對如流，一口的天津話，將「色」說成「塞」，發第三聲。

常來講習所玩的孩子，還有王宗漢的一兒一女。兒子王家男正處在少年的飛躍性發育階段，身量很高，特別瘦削，臉呢，還是幼稚的孩子臉，異常的沉默。即便在這種身心不平衡的成長時期，依然是溫順與安靜的，可見他柔和的天性。後來看到他寫的小說《鄉戀》，一下子與他的少年形象聯繫起來了。女兒的名字起的很好，叫作「可心」，人也長得「可心」，那時才齊桌高。兩年前，忽然接到一個女孩子的電話，聲音特別清亮，代表東北某家報紙來約稿，自稱是「王可心」。不由吃了一驚，多少時間過去了呀！

校舍後面是一個操場，有籃球架，講習所與黨校舉行過籃球友誼比賽。還有一張乒乓桌，但拍子和球似乎不太好找，偶爾湊

齊一副，就打上一陣子，然後又沒了。

　　還有就是散步。一邊散步，一邊聊天。聊的呢，大多是文學。那時候，真的很熱中談文學，一點不是矯情。而是很認真，也很自然，談自己的思想和構思。古華的《爬滿青藤的木屋》，還有《芙蓉鎮》，就是在那時候講給我們聽的。聽著就覺得好，不料，寫出來，更好。也談苦惱。河北作家申躍中，六十年代就寫作了。那時，拘泥著寫，還能寫出來，現在，放開了，反而寫不出了。他說，他就好像是一張網眼特別稀的網，打下去，東西都從網眼裡漏了。

　　讀書也占了許多時間。講習所有一個小小的，只一間屋的圖書館，管理員叫小井，書不多，有一本新來的好書，便永遠地在人們手裡周轉，回不到書架上。那時候，有一本很搶手的蘇聯小說，叫作《白比姆·黑耳朵》，陳世旭看著，看著，就獨自在房間裡踱著步大聲朗讀起來。人們走過他的房間，都朝裡望一眼。

　　晚上，黨校的學員走了，工作人員也走了，就剩講習所的這些人，在各自的房間裡，做著自己的事情。偶爾開闔的房門裡，傳出一兩句說話聲。等大多數宿舍關了燈，走廊裡會響起一陣腳步聲，是最後一班十八路汽車將哪個人送回來了，有來串門看朋友的人，也得趕十八路的末班車回去。

　　然後，講習所就組織去北戴河了。很隆重地，出發之前，我和抗抗，還有葉辛，特地去了趟王府井，買旅行用品。買了太陽鏡，遮陽帽，我沒有買到合適的游泳衣，後來是小井將他妹妹的游泳衣借了給我。男式的游泳褲倒有，但葉辛又不想買了，他的思路是這樣的：假如買了游泳褲，他就要去游泳，假如去游泳，

就可能淹死。最後，在抗抗的連笑帶罵之下，他不得不買了游泳褲。到了北戴河，他就穿了新買的游泳褲，站在齊膝的海水裡，用手沾了水往身上拍。臉上的表情多少有些愁苦，好像不是出自情願，而是由於某種壓力。

到了北戴河，住下，所領導古鑒滋立即召集開會，作一番講話。大意不外是讓大家好好休息，好好玩，注意安全，通過這機會，更進一步地互相了解——所以，不妨可以打破圈子，廣泛地接觸，交往，比如——古老師舉了一例子，喬典運也可以和王安憶一起散散步，聊聊天嘛！大家便哄然大笑，大約是覺得喬典運與我太不相似了。喬典運來自河南農村，是學員中最年長的一位，當年已是四十九歲。開學初，天還寒冷，他就穿一件對襟的黑布棉襖，理著一個髮茬很低的平頭，完全是一個田裡的把式。但他有著相當沉著的氣質，這是內心生活在起作用，這使他變得睿智。大家拿這話取笑了很久，老喬則很厚道又不失大方地說：「其實我和安憶經常聊天。」

北戴河，藍天綠海。都是剛走出暗淡的生活不久，不相信好日子就這麼輕易地來了。往後的日子其實愈來愈好，可是再好哪有剛開始的時候新鮮？有希望？

招待所面向大海，只幾百米，我們成日泡在水裡，也不管是會不會游泳。然後在沙灘上曬太陽，沙粒很細，滑潤，均勻。早上，潮退去了，留下了貝殼，海星，花石子。拾一捧，看看，有更好的就丟了，再拾一捧。太陽一點一點升高，綠海就變成金海。

北戴河有一家德國西餐廳「起士林」。在當時看來，極其的豪華，價格也貴得驚人。那時候，花錢還很節制。人們大多是走

過看看，真正進去吃的很少。所以，店堂裡相當冷清。抗抗請我吃了一次沙拉，艾克拜爾慶賀得子，又請我和陳世旭吃了一回聖誕。陳世旭將他杯中的攢奶油都分給了我們倆，他說他是吃野菜的命，欣賞不來這洋玩意兒。

講習所還向漁船上買過一回海螃蟹，請招待所的食堂煮了給大家嚐鮮。可惜大部分北方同學吃不來，也不賞識，草草地嚼一邊，丟下一桌子蟹鉗蟹腳，走了。

北戴河是講習所生活的高潮，從北戴河回來，多少有些人意闌珊。

回來不幾天便放假，一個月。等一個月以後，大家從各地家中紛紛返校。離別了一段，重聚一起，就又有了些重新開頭的喜悅和振作。彼此看看，都有點變樣，新理了頭髮，換了裝束，身上臉上染了些家庭生活溫暖又私密的氣息。本來已經稔熟了的，這時候又生分了似的，不大好意思。散了一半的心這會兒又聚攏起來，但總歸是向收尾上靠了。各人忙著寫畢業作品，交上去，所方則四處聯絡刊物審閱與批用這些作品。學員們又提出，講習所能否出面，向各人所在單位請一段時間的創作假，作為講習所課程的延續。再有，舉行一次答謝導師的宴會。

講習所的前期上大課，後期效倣研究院的導師制。每三至五人，認一位導師，導師是由著名作家擔任。我，瞿小偉，郭玉道，因是寫兒童文學，所以，就跟了金近老師。

瞿小偉是北京的青年，當時在《北京文學》上發表了一篇小說〈小薇薇〉，寫一對小兒女跟了父母在幹校裡的遭遇。和描寫那個時代的故事一樣，結局是淒楚的，卻流露出特別純真和溫暖

的感情。裡面還有一條忠實的大狗，就像所有天性善良的男孩，夢想中的伙伴，最後也傷心地死了。這篇小說後來和我的〈誰是未來的中隊長〉，一同獲得了全國第二屆少年文藝創作二等獎。頒獎正是在講習所的學習期間舉行，這使得默默無聞的我們倆，多少掙得了一點榮譽。他和我同是講習所裡唯一的共青團員，所以，開學的第一天，就由我們倆，再加上打字員小林，組成了一個團小組，由共產黨員、軍人作家李占恒來領導我們。郭玉道來自青海，那時候已經呈現出疾病的徵兆，可誰也沒有注意。他削瘦，面色萎黃。他似乎不頂合群，也許只不過是性格羞怯，不慣於在人前說話。在他的宿舍裡，還有我們共同去赴老師家上課的路上，他還是活躍的。

我們三個同去金近老師家，路上需轉兩路還是三路汽車，再要走一段。我們到的時候，老師已經候在那裡了。準備好了茶水，還有半碗杏子。金近老師是江浙人，鄉音很重的普通話。但絕不會聽不懂，對於我來說，還很親切，比字正腔圓的北方話，要家常得多，也溫婉得多。因是夏季，他多是穿著汗背心，手上持一把蒲扇，和我們說話。他看上去，就像是個鄉下小老頭，卻有著骨子裡的優雅：安靜，溫和，從容不迫。他顯然不善言談，甚至於還有些不安，不知該對我們說什麼。他很努力地想著，想一句，就說一句。而他又沒有一絲一毫應付我們的意思。他特別願意同我們多說一些，把寫作的祕訣交給我們。可是，寫作有什麼祕訣呢？像老師這樣一個誠實的人，是連一句虛浮的話也說不出來的。所以，我們在他家，就坐不長，大約一小時左右，便告辭了。可是，我們每一次都定好下周的上課的時間。到時間，一

準去，老師也已在等著我們了。

　　謝師宴會是在黨校的飯廳裡舉行。黨校的伙房很有些軍隊應變作戰的素質。平常日子裡，玉米麵餅，大荏子粥，米飯一碗碗蒸著，菜是大鍋燉煮，可到了要緊時刻，它八冷盆，八熱炒，大菜甜食，說上就上。杯盤碗盞也都拿出來了，雖不是細磁描花的，卻齊齊整整。五時許，導師們陸續到了，由各自的學生陪著，參觀講習所駐地，到院子裡樹底下照相。金近老師也來了，穿一件白襯衫，手裡提一個人造革的黑拎包。導師自然是和學生坐一桌，桌邊放的都是長凳和方凳。我們中的誰就到宿舍裡搬來一張靠背椅，要老師移坐到椅上去。金近老師一定不肯，說這樣就蠻好。我們則一定要他坐椅子，瞿小偉還站起來，從金近老師的身後，雙手扶住他的腋下，要將他強持到椅上。瘦小的老師在高大的學生身下，滑稽地掙著手，就是不從，都快要生氣了。我們到底強不過老師，只得作罷。晚宴開始時，還矜持著，等喝了酒，氣氛就鬆弛了。大家都興奮得很。說話的聲音也大了，酒呢，敬來敬去的，都有三分醉了。金近老師看來是不慣於這種喧嘩的，但他不掃人興，等到有人陸續離了席，他才說要走了。然後，我們三個人送他去搭乘十八路車。走在通往汽車站的，黑漆漆的土路上，師生四人都放鬆下來，說著閒話。走一截，有了路燈，將我們幾長幾短的身影，投在地上，車暗著燈，敞著門等在終點站，老師同我們一個個告別，就轉身上車。瞿小偉又伸出手，扶住老師的腋下，托他上了車。車門關上，車燈亮起，駛離了站。我們三個，再蕩啊蕩地，蕩回講習所。已是秋初，風很涼爽，月亮升起來了。

離開講習所以後，是多少日子？三年，還是五年？傳來了郭玉道患癌疾逝世的消息，他是我們中間第一個早逝的同學。接下去，就有喬典運，賈大山，相繼而走。他們都是貧瘠地區的農人，艱苦的生活，在一定程度上損害了他們的身體，繁重的思想勞動又雪上加霜。金近老師也離開了我們。講習所過後，老師寄給我一本童話書，名叫《愛聽故事的仙鶴》。這一篇中，寫了一個作家，六十多歲，灰白頭髮，瘦瘦的，人們都管他叫「鄉下爺爺」。其實就是老師自己吧？現在，他也像文中的「鄉下爺爺」，在對我說：「我要講的童話，還沒有講完哩。」

　　講習所結束之前，我們還舉行了一場舞會。大家期待著，再熱鬧一次，可已是曲終人散的氣氛了。有人在打行李，宿舍裡散亂著書籍，紙張。有人忙於和北京的親友告別，在房間裡待客，或者出門去了。來跳舞的就也心不定，過來坐一時，再走開一時。倒是一些外來的編輯，或是黨校工作人員，和他們的熟人，在場子裡舞著。

　　然後，一個一個走了，房間一個一個空了下來。卸下蚊帳，露出前後的窗戶。窗外是北方的楊樹，葉子茂密，在秋日的陽光下，翻著亮片，閃閃爍爍。真是滿窗綠色。

不思量，自難忘

　　兩年前，淮河流域一場大洪水之後，江澤民同志曾經到安徽五河縣頭鋪鄉視察，那就是我插隊的地方。相隔二十多年之後，從電視屏幕上，第一次看見它。

　　頭鋪鄉，那時候叫頭鋪公社，我所在的村莊距離公社有十來里路。十來里長的土路幾乎全是從村莊間穿行而過，以此可見，我所插隊的地方人口相當密集，土地是匱乏的。頭鋪公社地處城郊，是這個縣份的富地，然而，在我們這些來自上海的知識青年眼裡，它的貧瘠卻是觸目驚心的。

　　首先是土地少，每一塊地都被愛惜地種上莊稼。隊裡的場地在春秋兩季大收之外，都是犁開種秫秫，到了大收，再平整了做場用。所有的地都是一季壓著一季地種，間插著種。地邊，溝沿，坎裡縫裡，擠擠挨挨地點上芝麻，花生，茼麻，綠豆。有一日，傍晚的時候，我們莊的壯勞力呼呼地從南湖跑來，回到各自家中，提了鋤，釵，抓鉤，再又呼呼地往南湖跑去。莊裡的氣氛頓時緊張起來，激奮地互傳著消息：我們的地邊叫人占了！南

湖是一大片耕地，有相鄰的縣份在這裡接壤，甚至鄰省的邊界，比如江蘇省的泗洪縣，也在此接壤。侵占地邊的事情經常發生，由此演變成械鬥。由於不歇氣地耕種，地力實際已經疲弱得很，莊稼單薄地覆蓋著淺褐色的乾枯的地皮。我們從來沒有看見過電影裡和畫報上那樣澎湃的麥浪和一望無際的青紗帳。麥子，畝產總是一百六十到一百七十斤，從不超過二百斤。黃豆呢，辛苦耩下──由於缺乏牲畜，多是七八個婦女拉一掛耩，再冒著七月的毒日頭鋤過兩遍，可八月的洪水總是如期淹了南湖，使黃豆地變成一片汪洋。水中脫生的黃豆，稀疏地匍匐在地上，扶一棵，拉一刀，扶一棵，拉一刀，農人的臉上，看不見一點收穫的喜悅。秫秫也多是遭淹。從來看不見囤滿倉圓的景象。勞作一年，口糧還是不夠吃，到了春上，不得不到公社申請返銷糧。

人們終年為饑饉所苦。地頭歇息時的閒話，不外是如何調劑那有限的吃食。有一年返銷糧裡，有一種竟然是豆餅。在江南農村，這是餵豬的飼料。在我插隊的地方，豬也是苦寒的，吃的是草，紅薯秧，再摻一些麩皮。人們從來沒有見識過豆餅，如何料理它？和麵？乾蒸？或者煮稀？最後有一個聰明的婦女發明了在鍋裡炒吃！有一股油香，吃起來就像吃油炒飯。冬天挖溝，一個姊妹擔著土，悠著扁擔，憧憬地說：幹這活，吃小麥麵，芋乾稀飯，就行！還有個姊妹，說了個婆家，弟妹多，男人又矮瘦，什麼都是不好，但有一樁好，就全抵過了，那就是，這時候──春耕時分，他家還有三口袋糧食。

我在那裡生活了兩年半，從一九七〇年春到一九七二年秋，始終沒有弄懂我們莊農民家的財產情況。每年幾回分糧，那麼一

小點，兢兢業業提回家去；分草，那麼一小堆，也是兢兢業業提回家去，外加幾分自留地，一口豬，幾隻雞，至多再有一棵棗樹，便是全部的收入。一家老小，娶妻都早，孩子都生得多，吃口，一串帶出一串。還有身上衣，腳下鞋，點燈的油，和麵的鹼，怎麼就一日一日過了下來！

這樣的貧瘠是令人憂鬱的。總是暗淡的景色，到了萬物繁榮的春天，家裡的糧缸卻是空的。這片土地，留下的就是這樣陰沉的記憶。再加上，是那樣沒有指望的青春。離開它之後，我再沒有回頭看過它一眼。

當它在電視裡倏忽而過，真是猝不及防，撞到了眼前。我注意到江澤民同志進了一家農戶，堂屋裡有一張木頭沙發。寬，長，大，坐得很深的座面，靠背很高，是農人們結實、牢靠的享受。看起來，它過得好一些了。

到圖書館去

　　到圖書館去看書，看的不止是手中要看的一本，還有身前身後，別人案上，那層層疊疊的書，也一併進入眼簾，讓你感到書的富足。手中的這一本，有了這樣一個浩瀚的背景，意義也不尋常起來。這大約就是在圖書館看書和在家裡看書不同的地方。

　　老的圖書館，有著森嚴的氣象。因空間有限，就擁簇得很。走廊裡依牆排著卡片櫃，又是手工搬送書，就見圖書管理員捧著一摞摞的書，穿行在房間內外。於是，和書就貼近。書的物質的性質變得突出，可觸可摸的樣子。那氣氛雖然是紛沓的，但我也喜歡。閱讀和學習的活躍，從內心體現到了外部，極有感染力。那一年，我到古籍部查資料，借閱室大約是這幢舊樓原先的浴室或者廚房，四壁砌了白色的瓷磚，朝北，窗外可見落水管道。是個冬天，本來就冷，這裡更冷。借閱室除我外，還有一個美國人，背一個巨型旅遊包。進門先從包裡挖出毛衣毛褲，套上，再挖出一個大茶缸，找來熱水，捂手。顯然是有經驗的。不時，踱進一位老者，穿舊人民裝，套袖套，腳上一雙舊布鞋，是舊式職員的樣子。他眼光一掃，先讓美國人將茶缸裡的水倒乾，然後

要我收起鋼筆，換圓珠筆。我糊弄他說，這雖然是鋼筆不錯，可用的是固體墨水，不會滲漏，並且將筆筒旋開，拔下那一節墨水管給他看。他卻不那麼好糊弄，說只要是墨水就會湮染，堅持要我收起來，隨後從上衣口袋撥出一桿圓珠筆給我。那是一桿最簡陋的，店員用來寫發票的圓珠筆。他又盯了我們一會兒，方才退出去。雖然他使我不方便了，我還是挺欣賞他，欣賞他老派的敬業：精明，而且專業。那是有關收藏和保管的專業，也許與書中內容無關，但是，在這樣一個大型的圖書館裡，人們各司其職，一起推動了閱讀的機器。

這天，我與美國人歇息時聊天。他說他在社科院歷史所做研究，論文是關於江南一個小鎮。這小鎮很小，而且不出名，但在抗戰，上海淪陷時期，水陸交通封鎖之下，這個小鎮則因其地理偏僻，成為一個小小的樞紐，一些地下的物資在這裡交流，這使得小鎮獲得數年繁榮時光。它的名字叫鄔橋。後來，我寫《長恨歌》，李主任墜機身亡，改朝換代，我要為王琦瑤尋覓一個養傷之處，便找到了它，鄔橋。我至今也沒有去過那裡，看見它，但它卻給我一個神奇的印象，它避世卻不離世，雖然小卻與大世界相通，它可藏身，又可送你上青天。這可稱作圖書館裡的軼聞吧。

現在的新圖書館，一改舊日的幽暗空氣，覺著少了些歷史的影調，而且，由於現代管理，書與人隔開了，變得比較抽象。可是，當書本從傳送帶上「行行」地過來，走近你跟前，你不也看到它，嗅到它的紙張的草本氣味，夾了些灰塵氣，還有些霉味，你便知道，它所來自的書庫是巨大、豐盈、天長日久。而且，你很快就將它摸到手了。

我是一個匠人

　　近年來，寫作變得日常化起來。不像往年，猛寫一陣，再猛歇一陣。而是天長時久，天天都寫。猛寫一陣是寫不動了，自己覺得每日的能量都有限，汲取完了，再硬要汲取，上來的便只有泥沙。到了第二日，淘乾的井裡，就又湧出了新水，又夠寫一段的。猛歇一陣呢？也不行了，覺得這一陣無聊，空虛，無所事事，還是想寫。再講，因不能猛寫一陣，時間上也不夠猛歇的了。所以，就只得將猛寫和猛歇平均分配於日復一日。

　　這樣的有節律的寫作，就必是在一種冷靜和清醒的狀態底下，著意的是具體的東西，相當技術化。其實，等到落筆的時候，抽象的東西已經奠定好了，餘下的統是具體的工作。比如，如何刻畫人物的臉，這是比較困難的工作。漢語比較虛，含蓄和含糊，用來寫實，很難找到貼切的字詞，而我又以為人的臉特別需要具象地表現。臉是一種神奇的天物，當我要寫一個人的時候，他的臉一定不是虛構的，而是實有其臉，我從現實中找到一張臉送給我的人物。假如不是親眼看見過這張臉，我真的無法設

想它的微妙之處。它提供的內容是那麼豐富，有一種可以自己滋生與繁殖含義的機能。同時，正因為親眼看見，才感到描寫它的極大困難。就算我自以為已經描繪對頭了，別人也不一定就能夠如我一樣看見。文字實在是太抽象的物質，而且粗疏得很，許多細微的東西都從它的網眼中遺漏下去。我又不願意使用過於艱澀的冷字，那就更抽象了。日常的熟字在頻繁的通用中又有了約定俗成的意思，有了陳規，也有問題。但我還是情願用熟字，熟字的含義單純些，於是也確定些，用它描畫具象的事物也略微準確一些。有了一張生動的臉，人自然就有了音容笑貌，舉止也生出來了。還有口音，也是重要的。人物說什麼口音？口音是有性格的，而且很鮮明。同是蘇北話裡，鹽城話就比較「質」，而揚州話，則是嫵媚和俏皮的，帶些女腔。北京話和上海話都俗，帶習氣，前者是官俗，後者是民俗，不同。四川話和寧波話都是爽利風趣，腔也不同，前者曲折婉轉，後者粗放硬梗。要用文字寫出這些鄉音無計可施，許多音和韻都無字以代。可它們又很重要，說這樣的腔和那樣的腔，天壤之別。文字的讀音又是一個限制。寫作，就是在挖掘文字的能源，點點滴滴，角角落落。

　　情節的發展是需小心翼翼地對待，稍不留神，就偏了。開始時還不難，因大致的方向還看得清，心中有數。最容易出差池的，是走到中途，此時最難了解全局，有些人在事中的意思。再堅持一會兒，走出來，局勢又漸漸明朗了。人物的登場一定要慎重，人要少一些，人人都需價有所值。人物的關係也是，盡力要單純，但資源要雄厚。尤其是有名有姓的人物，更要精簡。盡可能少有人名，人名又是一樁虛物，特別容易「有名無實」。萬

不得已需要起名，也要好好地起，要起那種「大路」的名字，千萬不要文藝腔，像是筆名或者藝名的那種。所以最好是眞實的名字，眞實的名字是眞好，經過了使用，就蓄積了歷史。尤其是那些勞動的人民，他們起的名字，最率眞地表達出他們的生活願望，以及對漢字的樸素理解。這種名字有文藝家想不到的好處，它是活的，已經生活過一段了。這在某種程度上會影響情節。再說情節，最好的情形，是將情節逼到狹路上去，只有一線寬的縫隙，看你怎麼擠過去。情節就得沿了一條狹路前進。但這個「狹路」不是指「獨闢蹊徑」的「蹊徑」，不是旁門別道出來的，而是從「大路貨」的「大路」上走出來的。有時候，寫，寫，寫，不知覺地寫流暢了，這其實不好，我稱之爲寫「瀉」了，肯定走偏了，再回頭重寫。最不能是這樣也可以，那樣也可以，肯定不對，是最差的狀態。事實上，只有一種可能性。這有些像黑夜裡走路，摸摸索索的。許多細節都會影響你的判斷，最可能的是材料。所擁有的材料往往富有魅力，蠱惑著你。但這些具體的、現成的材料因爲太具個性，便很難成爲發展的邏輯中的一環，它們比較孤立。所以就要學會忍痛割愛。一些好的詞句也會削弱判斷力。別看它們只是一些詞句，卻會顛覆整個結構。它們有些像蛀蟲，有腐蝕性，在不經意中撥動了方向。人物的性格是要緊緊盯著的，不可有半點疏忽，甚至可作些機械的操練：假設在這樣的情形下，他們會怎麼做；在那樣的情形下，他們又會怎麼做。還可以用排除法：他們不會這樣；也不會那樣，於是，餘下來的那種，就非他們莫屬。這是最根本決定情節方位的條件。

　　情節的布局要均衡，哪裡是關隘？鋪墊到何樣程度？收尾是

漸收，還是頓收？伸出去的枝蔓是什麼樣的疏密度和形狀？這裡面有個黃金分割的原理。情節的轉折有時並不在於事情變化的本身，而是準備的程度。程度到了，變化自然就形成了，這就叫「演變」。在此過程中，必須要耐心、堅韌，這又有點像跋涉。有時候，我會下硬性規定，不寫滿兩頁白紙，休想抵達那個轉折。這兩頁白紙，可真是熬煞心血了。收尾時也這樣，再急著停筆，也得悠著，寫，寫，寫，寫上三千字，才可穩穩地著陸。有時候，情形正相反，一切都要比預計的提前，因為局勢還會有進一步地發展。這樣，事情整個兒地都向前推了一步，緊湊或者急驟，布局縮緊了，加密了，筆觸因此變得繁複，細結。這就更要注意分布勻稱。這活兒很精細，必須慢工才行。布局是成片狀的面，最好是三維立體的空間，但是卻是以時間的一維的方式表達。所以敘述的前後秩序，形式，節奏，就變得至關重要。當然，這還關係閱讀的美感。我比較傾向長短句的格式。七律、五絕，太整齊，節奏就單調了。不能讓節奏單調，就要避免太過流利。一流利，寫順了嘴，就會變得像數來寶似的。這樣說，並不是在說寫詩，我還是在說寫小說這一件事。小說的散漫的，實用性很強的語言，內裡也是有著格律的，不相信你讀讀看。還有，盡可能地用口語的，常用的，平白如話的字。這些字比較響亮，有歌唱性，《詩經》中〈國風〉的那種，明代馮夢龍的《掛枝兒》，也有點意思。這關係到整篇那小說的氣質，世俗裡的詩意。

事情就是這樣瑣細平常，百頭千緒，一步不到，便失足萬里。雖然是創造虛無的東西，但又是再具體不過的工作。曾經在電視上看過一部前蘇聯的電影，描寫芭蕾舞團的故事。芭蕾舞團

藝術者進出兩個世界：一個是現實的；一個是非現實的。

演出時，台側的幕條間擠擠地擁著業務人員，演員從前台跳下來，一進幕側，立即是一副筋疲力盡的樣子，喘息不定。周圍的人一擁而上，推拿醫生按摩他的背部和腿部的肌肉，化妝師上前揩汗補妝，服裝師幫他繫扣整衣，劇務，場記，向他作些簡短的提示。音樂一到，他一抖精神再上場去，舞台的正面則是一幅絢麗的圖畫，是人間的仙境。這場面特別叫我感動，藝術者就是這樣進出在兩個世界裡。一個是現實的，一個是非現實的。在現實的世界裡，充滿了具體的，瑣細的，操作性的勞動，這是一個時間和空間的量都很大的世界。非現實的世界量要小得多，但它是質優的世界，它輝煌燦爛，集中了物質存在的精華。為了進入它，人們必須像一個勤勞的、刻苦的、嚴謹的工匠那樣不懈地工作。

所以，我說，我是一個匠人。

型

中國人的臉型和西方人的不一樣，比較的寬和平。西方人的臉是用立體的塊，疊起來，凸凹鮮明。而東方人，尤其是那種蒙古臉型的，就是線勾出的輪廓。所以，中國人的臉其實是很忌諱化妝的。脂粉很容易地就抹平了臉上細微的起伏對比，看上去面目畫一，都很像月份牌上的美人。我估計，月份牌上的美人都是依著化過妝的臉臨摹的。粉白的面頰上兩片腮紅，白和紅都很勻淨，然後，秀眉紅唇。多少是有些像一副面具，是個木美人。

事實上，中國人的臉是十分敏感的，在沉靜的表面之下，有著千絲萬縷種表情。這些靈敏的神經大部分集中在鼻翼上方，眼瞼以下，以至顴骨之間的部位。這一個區域是較為西方人寬闊的，西方人幾乎是不存在有這個平面的區域，他們的面部從鼻梁很迅速地過渡到顴骨，他們的表情是由這些大的，肌肉與骨骼的塊疊運動而體現的。所以，他們的表情就比較誇張、強烈和戲劇化。而中國人的表情區域則是在鼻翼處到顴骨之間的平面，可以說，絕大部分的微妙的差異都是來自這裡的。然而，似乎所有的

中國人的臉型和西方人的不一樣。

化妝技術都是熱心地將這一片泥牆般的抹平、抹光滑，於是，一切表情都被掩埋了。這個部分是有著細膩的凸凹，肉眼幾乎看不見，但這卻構成了一種情調。一旦消失，臉就木了。

還有，眼瞼和唇部，這也是微妙的部分所在。方才說過，中國人的面部輪廓是線描式的，線描的精微最為典型地體現在這兩個地方。中國人的單瞼和重瞼都相當精緻，唇紋也是精緻的，富於情調。還是化妝害了它們。眼線、眼影，還有唇線，粗暴地覆蓋了它們緻細的筆觸。所有的區別都被取消了。這些現代化妝技法重新畫了一張臉，這張臉就像是那種傻瓜照相機照出的照片，沒有影調的深入淺出，只是一張白臉上的眼、鼻、眉、嘴。

中國人的臉大體分為南北兩種，北方，通常是那類蒙古種的臉型。南方，則是越人的型。我估計，會不會是受戲曲臉譜的影響，而戲曲臉譜又是受中國地理政治的影響，蒙古臉型似乎是被視為正宗。銀幕上的英雄，大多是寬臉闊腮，濃眉直鼻的形象，有些類似京劇裡的黑頭，即俗話所說：「平頭整臉」。其實，越人的型，是更富於戲劇性的。這種型，更為敏感。因為肌肉的塊面比較緊湊、複雜。而蒙古型的，多少有些一覽無餘，比較簡單。魯迅先生的臉型，就是一個很好的證明。從他的照片來看，面部的影調很有變化，層次較多。眉棱、顴骨、鼻凹、下頦，組成略有衝突卻最終協調的關係。骨骼比較蒙古型要突出，但和西方人的骨骼的表現不同，那是形成整體結構的塊壘，而在這裡，只是比較少肉，線條就有了銳度。然而，在銀幕或者圖畫上，人們卻不由自主地，總是容易將他描摹得肌肉豐滿。這樣，是不是以為比較接近英雄的型？結果卻是，渾圓，面部帶上了「木」

相。中國人的臉，稍稍有那麼點偏差，就「木」了。這就是這種
型的微妙之處。

生活的形式

　　我寫農村，並不是出於懷舊，也不是為祭奠插隊的日子，而是因為，農村生活的方式，在我眼裡日漸呈現出審美的性質，上升為形式。這取決於它是一種緩慢的、曲折的、委婉的生活，邊緣比較模糊，伸著一些觸角，有著漫流的自由的形態。

　　比如，著名的盛產年畫的楊家埠。在往昔的歲月裡，收過秋後，就有販年畫的客商，從遙遠的東北趕著馬車早早來到楊家埠。他們睡在畫坊的閣樓上，畫坊裡通宵達旦刻印年畫，趕著定貨。客人睡夢裡都是，印板拍在印機，啪啪的響聲。等貨齊了，捆紮著裝上車，再上漫漫歸程。此時，已近年關。這一個買賣的過程，相當漫長，效率相當低。每一步都須人到手到，就是由於這樣具體的動作和環境，情景便產生了。還有，在紹興的鄉間，認識有一位公公，他每天上午要去鎮上茶館喝茶。他背一個竹籃，籃裡放著自己愛吃的糕點，籃上再掛一件布衫，以防變天時好添加。一清早起身，沿了河走一段，稻田間的田埂走一段，穿過一兩個村落，走過二三座木橋，太陽高了，他就踏進了茶館。

我住鎮上的時候，他送過我兩次禮，一次是他園子裡結的第一個葫蘆，二次是他餵的母雞下的頭一批蛋。這就是公公的生活方式，這種方式是可稱為形式的，因為它的精神性成分，已經超過了實用的任務。再有，我所插隊的安徽農村，縣裡召開基層幹部會，是不負責伙食的，那就需要隊裡自己解決吃飯的問題。於是，便要帶上個專門做飯的，還要到城裡聯繫個做飯的地方。這種方式也是具有人情味的，它包含著人和人具體的特定的關係。在那裡，假如有人病重，要送城裡醫院治療，病人要去，病人的丈夫或者妻子自然也要去。父母一走，孩子怎麼辦？帶去。那麼豬誰來餵？雞誰來餵？於是跟去。狗會自己找食，本是不必去的，可因為眷戀家人，便也去了。就這樣，醫院的院子裡都是一家子，一家子，雞飛狗跳，煙薰火燎，像個野營宿地。可是，有趣味的形式，就是發生於此。在農村時，有個小姊妹邀我一同去趕集，她怎麼動員我？她說，路上要經過兩口井呢，都是甜水井！

　　這種方式在當時都被艱難的生計掩住了，如今，在一個審美的領域裡，我重新發現了它們。它們確實是以低效率和不方便為代價的，可是，藝術和現代化究竟又有什麼關係呢？

　　城市為了追求效率，它將勞動與享受歸納為抽象的生產和消費，以制度化的方式保證了功能。細節在制度的格式裡簡約，具體生動的性質漸漸消失了。它過速地完成過程，達到目的，餘下來的還有什麼呢？其實，所有的形式都是在過程中的。過程縮減了，形式便也簡化了。所以，描寫城市生活的小說不得不充滿言論和解析，因為缺乏形式，於是難以組織好的故事。現代小說故事的變形、誇張、顛倒，都是為了解決形式的匱乏，但也無濟於

1996年在江南采風。

事。還所以，流浪漢，無業者，罪犯，外鄉人，內省人，精神病患者，會成爲城市生活小說的英雄，因爲他們衝出了格式，是制度外人。他們承擔了重建形式的幻想。在這一個發展中的時期，我們的城市其實還未形成嚴格的制度，格式是有缺陷的，這樣的生活方式有著傳奇的表面，它並不就因此上升爲形式，因爲它缺乏格調。在突如其來的衝擊之下，人都是散了神的。而眞正的形式，則需要精神的價值，這價值是在長時間的學習、訓練、約束、進取中鍛鍊而成。而現在，顯然時間不夠。像我們目前的描寫發展中城市生活的小說，往往是惡俗的故事，這是過於接近的現實提供的資料。

小說這東西，難就難在它是現實生活的藝術，所以必須在現實中找尋它的審美性質，也就是尋找生活的形式。現在，我就找到了我們的村莊。

第3輯

旅行的印象

徐州站

　　徐州站是個大站，南來北往的人和貨就在這裡集散，吃鐵路飯的很多。鐵路系統的員工，光看他們的宿舍區，就知道有一支多麼龐大的隊伍。有專門設置的鐵路小學，鐵路中學，鐵路醫院。這些職業，往往是世襲的，子承父業，歷數上去，可在三代之上。就此，也可見鐵路的歷史有多長了。這些，是官飯，還有吃私飯的，就是人們所說的車盜犯。車盜犯一般都是鐵路沿線的農民，他們伏在離站不遠的鐵路兩側，等貨車出站，還未及起速，便一擁過去，爬上車皮，將貨包推下車去。等車將近下一個小站，放慢速度，才跳下去，回身一路撿拾他們的收獲。其中有一些高手，卻是可以在下駛的火車上，跳上跳下，這就是大盜了。整治車盜犯，歷來都是這個城市重要的治安任務。「車盜犯」這個名字，也像是來自舊時代的稱謂。每隔一段時間，政府必須嚴打一下車盜犯，殺一儆百。「文化革命」中間，曾有一個小男孩撞上了槍口。他顯然初出道，缺乏經驗。在一個月黑風高之夜，他潛進徐州站的貨車場，摸上一節車皮。他想看看車上載

的什麼貨，便劃了一根火柴。他都沒有讓一讓風向，而是正對上風。大風順勢刮來，火苗一下子躥進車皮，貨又正好是煙葉，就這麼燎著了，燒了整整一車皮煙葉。雖然孩子只十四歲，還不到判刑年齡，可造成損失太大，又是在整治的當口，便判了死罪。這是有關車道犯的慘烈故事中的小小一則。

那時，我所在的地區文工團正在車站附近的一條小街，叫二馬路。夜裡，車站上的燈光和喧囂的人聲便漫了過來，通宵不息的飯鋪裡的羊肉湯的羶味、芫荽味也漫了過來。我們團的宿舍，常常有在此轉車或過路的親友借宿，車站廣場上那些乞討者也會漫遊到我們的院子裡。總之，車站上的雜亂，沸騰，烘托著我們的生活。

這就要說到一九七七年十二月十二日這一天了。這一天是很平常的一天，要不是翻閱過去的日記，我是絕不會想起這一天，以及這一天裡的一幕。這一幕，使得徐州站的景象一下子回到眼前，攜裹著它的聲音和氣味。事情是這樣的，那一天的晚上，我們到車站去接一個伙伴。她是我們團舞蹈隊的隊員，家在徐州下面的東海縣，她回家探親說好這天回來。也是因為離車站近，所以，我們很喜歡到車站接送人。並且，熟悉每一班車次。接她的時候，正是到達車次空閒的當口，只有幾次慢車陸續出站。我們去得比較早，就在出站口昏黃的燈光下聊天，等候。這時，就有一個老人，鄉裡人的裝束，他焦急地在出站目的鐵柵欄前徘徊，往裡張望，又不敢太靠跟前，便躲閃著。不時地，還朝裡小聲地叫，叫著什麼人的名字。開始，人們並沒有注意他，可是不久，檢票口裡面的值班室裡，傳來了孩子的哭聲，還有檢票員的

喝斥聲，問道：哪個大人帶你來的？孩子只是哭，還罵，哭罵聲在這一會兒空寂的出站口，十分響亮，而且淒厲。那老人沉不住氣了，連連往鐵柵欄跟前靠著，叫著，將耳朵貼在柵欄間聽著。焦急和心疼使他的臉扭曲起來，變得更蒼老了，手哆嗦著。人們這才知道，原來，這父子倆從濟南過來，只買了一張票，孩子到底沒混出站來。於是，都頗有經驗地教訓他：離遠點，千萬不能叫人看見，否則加倍罰！有比較溫和的則說：問一會兒，問不出大人來，自然就放孩子出來了。老人乞求地看著眾人，眾人都趕他：快走，切莫叫孩子看見你！他只得走開去，又不捨得走遠，在一塊影地裡愁苦地蹲著。裡頭的哭鬧聲響了一陣，又息了。老人再沒站起來，看他的背影，好像是哭了。又過了一會兒，只聽裡面的檢票員無奈和放棄地說了一句：走吧，認你的大人去吧！不一時，站裡走出一個人，一個男孩，大約六七歲光景。他戴著一頂厚實的棉帽子，護耳放下來，圍著紅撲撲的臉蛋，雙手插在短襖的口袋裡，很神氣地左顧右盼著。他一點沒有顯出可憐的樣子，甚至，臉上也沒有留下哭過的痕跡，而是神情自若。這就是徐州站的日常生活。

少小離家

　　以工齡記，我的第一個職業，是十六歲時到安徽省五河縣務農，在那裡，學得了第一份勞動的技能。

　　倘要將農活分等級，一等的肯定要算犁，耩，耙，揚場，趕車這一類的，是隊裡把式的活。他們多是中年以上，一般的力氣活是上不了他們手的，他們只是蹲在向陽的牆根，地邊，曬太陽，吸菸。遠看過去，就像一堆灰拓拓的舊棉襖。可待到他們上場時，那棉襖就活了，有了身體和精神。他們吆喝牲口的聲腔極其威嚴，動作往往是慢的，可只有與他們做下手，才可明白他們的出手的銳度。這就像戲台上的老角兒，看似遲鈍，你卻接不住他的把子。

　　次等的應該是放大刀，割麥子，打場領頭盤滾子，挖溝放鍬，刨紅芋下抓鉤一類，全是由十分工的男勞力擔綱。亦有特別出挑的婦女也能幹，那大約幾個莊才出一個，我們隊裡就有一個。那姊妹的模樣都還記得，高姚個兒，瓜子臉，高鼻梁，大眼睛，不是俊俏，是英俊。平時挺會瘋的，但到了放大刀的時候，滿湖裡單她一個姊妹，她不由就靦腆起來。那些男勞力呢，也有

分寸。等我們這些八分或八分半工的到了湖裡紮麥個子，見他們和她，表情莊重地各在一邊吃飯。

三等的是鋤地，抬筐，扛笆斗，打秫秫葉，拾花生紅芋，割黃豆——當然，這裡也會有區別，十分工的能攬八趟，八分工的六趟，如我這樣的，四趟都攬不過來。我幹的就是這一檔的，到底腰腿功夫沒有，肩膀頭也不行，所以大多都很勉強，很遭人笑話。人們最愛看我抬筐，因為使他們聯想到一個人，豫劇電影《朝陽溝》裡的銀環，就笑個不停。有時他們也表揚我，說我擦汗的動作也像電影上勞動的人。這裡，我最怵的是割黃豆。豆棵很矮，幾乎貼了地皮，又極硬。像我們這樣初涉農活的，往往放不好刀刃，不是割，而是砍。豆棵上的刺扎在手掌心裡，滿手的血。割黃豆的時節，我甚至凌晨三四點就醒了，驚恐地看天一點一點亮起來，隊長從莊前走過，一邊走一邊喊「出工」。而我自以為比較勝任的是鋤地，別人都說鋤黃豆苦，三伏天裡，烈日當頭，汗從頭流到腳跟。我倒覺得不苦。雖然很曬，可是田野一望無際，風席地而來，吹在熱身上，竟是沁涼的。是熱，卻不是褥熱，而是爽快。地呢，頭天下了雨，吸飽水，特別暄和。鋤子扒開曬白的地皮，下面是濕潤的褐色的土壤。鋤地的步伐是，出左腳，左手握前，遠遠地拋出去，鋤板壓低些，拉住地皮，吃力要均勻，拉過來，就鋤了一步。然後換手，右手握前，出右腳，再拋出鋤去。如此一步一進，有些像舞步，而鋤下的土地，則有一種肉感，貼膚的痛癢。無論多麼糟糕的心情，鋤地都會叫我平靜下來。

此是三等。等外的則是未成年孩子的勞作，沒有明確工分標準的，但亦是約定俗成：割牛草，割豬草，拾麥子，拾黃豆，農

忙時送飯，送水。最基本的技能，其實在此時培養。比如辨別植物的種類，比如往井裡放桶提水，比如認路，背和挑的能力。可算是正式就業前的實習。這類勞動，卻有著浪漫的樂趣。三五結伴在莊稼地裡穿行，摘採間播的嫩豌豆吃，與接壤的鄰莊，鄰縣，甚至鄰省的割草孩子鬥嘴，暮色中一溜地走在回莊的大路上。送飯也很有意思，挨家挨戶地收饃和鹹菜，將各色稀飯打在一個瓦罐裡，再悠悠晃晃地向湖裡走，老遠就喊：吃飯嘍！要是送水，就在水面上放一片苘麻葉子，不讓水濺出來，悠悠晃晃地喊：喝水嘍！此時，還沒有正式承擔起生計，心靈是自由而且快樂的。

以我的能力，其實是在第三等與等外之間，有時，亦派我去和孩子們拾莊稼，背草什麼的。在我當時的年齡，也無甚不可，但因為我是知識青年，已是社會上的人，所以便慷慨地定給我八分工，與成年婦女同酬。到年底，再添些錢，便能分到口糧和燒草。花生，棉花，芝麻，等等農副產品，也能分到少許，就算是個有收入的人了。

夜走同安

　　倘若不是因為填寫履歷表，表上又有「籍貫」這一欄目，大約我是永遠不會知道有「同安」這個地方。就算是已經無數次地填寫籍貫：福建同安，同安於我依然是陌生和隔膜的。在我看來，它依然是遙遠而又偏僻。祖父在童年的時候，便跟隨曾祖母漂洋過海，連父親都從未涉足過它。我甚至都不知它是一個城市，是一個縣鎮，或是一個村莊。但我們卻一如既往地在履歷表上寫下它的名字。

　　我有幾次接近它。一次是在美國，我住的公寓裡，有幾名中國留學生的常客，其中一位就來自福建同安。他家的住址是以一個水果園為名的街巷，這給人鮮花盛開的想象。他是我所遇到的第一個老鄉。第二次遇到的老鄉卻是個大人物了，就是新加坡總理王鼎昌。那是在新加坡《聯合早報》文藝營的開幕式上，當時還是副職的王鼎昌先生作了推行華語的長篇報告。據我父親說，他是我們的族人，可是誰知道呢？也許只是我們自己這樣認為，不過，他祖籍同安卻是無疑。這天，我是他的聽眾，坐在台

1990年代同安附近的小鎮。

下望他，說是老鄉見老鄉，在我也是沒錯的。再接著，同安的事情又近了一步。報社一位同仁聽說我是同安人之後，便說，同安同鄉會知道我在這裡，一定會來找我。要知道，他們的鄉情是很濃的。我不由也激動起來，可是直到離開，也沒有任何一位老鄉來找我，眼看著要來臨的故鄉情，又倏忽而去了。到馬來西亞，同安的聲息似又起來了。在怡保遇到一位王枝木先生，見面就叫「自己人」，說我與他是一家，並且，他竟還保存有一本家譜。據譜上說，我們是客家人，宋代時從河南遷徙到同安。我們的遠祖是在中原腹地，黃河流域，雖然如今散居海內外，卻是真正的華夏子孫。可惜，這本家譜借給了朋友，他說等他討還來，便贈送給我。不過，我至今也沒有收到這本家譜。

然而，同安在這撲朔迷離之中，卻漸顯身形。

機會終於來了，中國作協在廈門召開「莊重文文學獎」的頒獎會，我有幸獲獎，去了廈門。這樣，與同安就只有咫尺之遙了。恰巧會上有位廈門大學的年輕教授，家在同安，又恰巧中國作協有位大姐也是同安人。這天晚上，便由這位教授，帶我與那大姐去了同安。

會期總共三天，除頒獎開會外，還安排了參觀和出遊，所以，餘給去同安的時間，就只剩一個晚上。晚飯是一個隆重而冗長的宴會，等散了席，再找車，邀人，上路時已近九點。車出市區，四周暗寂下來，夜已深沉，中途過一座橋，橋頭有警察守候，讓停車檢查，先看車後行李箱，再看車內幾張面孔，於是放行。顯然是出了大案，氣氛不由森然起來。

四下裡更為寂靜，公路上車輛又少，兩邊並不見村莊，有幾

幢起至一半的樓房，隱在黑蒙蒙的霧氣裡，也是默然無聲。車悄然駛進同安縣城。和所有的縣城一樣，擴出的新街寬闊平展，新樓也是差不多的格式，路邊的樹還來不及長高，枝葉疏朗，路燈下有一簇人影，是候著我們的縣文化館同志，並不多言，靜悄地圍攏上來。這就是我的鄉人們？

從文化館出來，夜是真的深了，空氣越加潮濕，霧也濃密了，是那種典型的南方的夜晚，風是溫暖和潤澤的，很是纏繞。走上老街的石板路，石板濕漉漉的，是南方的石路，路燈被小雨般的露水遮暗了，四周都看不太清，很幽深的情景。鄉人們說要帶我們去個熱鬧場所，就是看社戲。

穿過幾條街巷，便聽有吱吱呀呀的琴聲傳來，眺目望去，看四方的燈光，是戲台，台上的穿著古裝，腮紅臉白。空氣中濕氣太重，儘管大燈照著，還是有些雲裡霧裡的。唱和念的一概聽不懂，卻是我的鄉音。從橫一條豎一條的長凳間擠著，腳下磕磕絆絆，是一面坑坑窪窪的坡地。

人群推搡著，見我們外來的生人，又有威嚴的幹部陪同，便又調笑著，也是聽不懂的鄉音。

隔著場子，遙對戲台的是一座極小的廟，廟裡放一張供桌，桌前壁龕中供著一尊菩薩，香煙裊裊。菩薩是唐明皇，掌管梨園的神仙。供桌下僅夠一人磕頭，餘下人都站在外面。

戲場子周圍沒有遮擋，雖然是暗，畢竟曠遠許多，夜霧中可依稀看見起伏的山巒。同安是個多山地的地方，人多窮困，於是便下南洋。場子裡擠擠攘攘的我的鄉黨們，均是黑黑的臉，緊巴巴的骨骼，腿肚上似還沾著泥巴，尚來不及富起來的樣子。台上

的戲文想是太古了，收不住人心，場子裡像開鍋似的鬧。

最後，是隨作協的大姐去親戚家。親戚住老街上的一幢小樓，前門是個雜貨店鋪，竟還亮著燈。走進去，便覺森森的清涼從腳下的磚地升起。一座老屋，窗櫺上雕著舊式的花紋。黑粗的木梁已經有年頭了。親戚給大姐備了一大麻袋土產，有茶葉、筍乾、紫菜、海鮮。文化館的同志看了就問我，能否住一夜，明天天亮也給我備一大袋。聽我說不能，便露出遺憾的表情，然後再再地說：我們也有，而且更多。

回到上海半月以後，不期然收到同安寄來一個巨大的郵包，其中果然什麼都有，最特別的是一種茶葉，看上去極似紹興的烏乾菜，也無任何包裝，就那麼一大蓬塞在包裡。吃起來很有勁道，想是山裡的野茶，這就是我故鄉的風土啊。

《辭海》上寫道：同安，縣名，在福建省廈門市東北部。縣人民政府駐大同鎮。晉置同安縣，後併入南安縣，五代閩複析置同安縣。一九七三年劃歸廈門市。產稻、甘薯、花生、甘蔗及龍眼等。沿海水產業較發達，特產「文昌魚」。礦產有鐵，錳、高嶺土。工業有輕工、機械、紡織、皮革等。古蹟有婆羅門塔。

正是梅雨季節時

胥口

　　承上海滬東造船集團盛情，在設於蘇州的滬東療養院歇息了近十日。療養院地處接近西山的胥口，面朝公路。公路兩邊是新蓋的樓房，有鎮政府的機關，郵電局，銀行，店面，別墅區，間隔著零星的農田。恰逢夏種，田裡放了水，正待插秧。從路邊的一些岔道下去，便到了村莊。

　　午後大多房屋上鎖。有幾間敞了門，迎門坐著女人，埋頭在花棚繡花。是從蘇州繡花廠接來的活計。看她們飛針走線，不一時就呈出一朵小花，花瓣的顏色自深至淺，或自淺至深，活靈活現。問她們莊上的人呢？回說有的上班，有的上學，餘下的有一些，在刻石獅子。果然，有清脆的鑿石聲傳來。再看遠處的石頭山，已劈去有半爿。

　　說這裡就是胥口鎮，總覺得不大像，沒有江南鄉鎮的集居的

117

旺盛人氣。公路是新開的，寬闊平展，從公路上伸下去的新街，也是寬闊平展。兩邊的樹又沒長起，汽車飛駛而過，捲起塵土，看上去竟像是乾燥寥落的北方。街邊的店鋪大多已關門歇業，少些開門，放著歌曲，卻因人少，地方又空曠，更覺冷清。打聽胥口的老街，回答說往裡去。往裡去後，再問，回答卻說沒有老街。一個山東口音的老人說的就更奇異了，說上午沒有，傍晚才有。最後問到鎮政府傳達室的看門人，得到了確切的答案：走過新街，再向裡，直到運河，就是。這還解答了我另一個疑問，從「胥口」這名字看，像是有河，胥口顯見得是渡口的名稱。後來，我們在此地循地圖找尋伍子胥墓，也是這位看門人回答了我們：伍子胥墓已經拆掉，新的尚未造起。這樣，「胥口」的「胥」字也有了出處。

　　沿新街一逛下去，看見了一些舊房，路面也變成石板，一條河橫在了眼前。河上跨一座橋，橋下走著些機動船，下雨水漲，又載得滿，吃水就很深，幾乎漫上船板，隆隆地駛了過去。這河是通杭州的。過橋，便是農田與村莊。後聽說，胥口老鎮其實就沿河與橋下的一點，其餘都是新發展的。早上去，橋頭放了一列空盆，裡面用磚壓著，不讓風吹跑。問是做什麼，回說是魚市，下午三點半開市。下午再來，果然是另一番氣象。菜販、魚販，沿石板路擠擠挨挨上去，直抵橋頭。上午的空盆裡，這時是活跳的魚蝦。那山東老頭竟說得很對，「上午沒有，傍晚才有」。這便是胥口的老鎮了。

　　胥口人長得好，最好看的是兩種人。一是老太，一是小女孩子。這裡的老太，大都愛穿一種陰丹士林藍的斜門襟布衫，腳上

是搭絆白帆布鞋，頭髮在腦後盤髻，綴一周潔白的栀子花。她們身段矮小精幹，行動起來有著一股俐落勁。有一次我們在鄉間問路，老太並不言語，將手上的鐵鍬往院牆一靠，扭身騰騰地走前去。走到一個岔口，她站住腳，傾過身子，在我耳邊很機密地說，往那裡走。又有一回，雨天，走在公路邊。一個老太騎車從後面上來，扭頭問道：有沒有吃飯？要不要菜？聽說我們已吃過飯，她便沿著路往別墅區騎走了。小女孩子呢？很小就有樣子了。幾乎一律細眺的身個，很小的鵝蛋臉型，一雙長長的窄目，鼻梁很細。臉色有點黃，是日光曬的緣故，也可能是未曾發育，尚在成長的階段。她們常常是在耳邊各梳一個盤髻，髻上綴一些紅綠綢子，像古代的丫環。西施與吳王夫差所住的館娃宮，就在附近的靈岩山上，胥口人是西施的後人也不定的。

胥口人的脾性還很好。一日午後，想去藏書鎮，便到胥口鎮上找車，見一店面停一輛灰白桑塔納。店裡的女人看我們打量車，就問是不是馬上就走，回答是。她遲疑說，開車的人剛吃過午飯躺下，後又下決心，到店堂裡面叫人。那人的身個很結實，在此地可稱得上魁梧。他笑嘻嘻地上了車，載我們向藏書去，去藏書是砂石路，從田間穿過。不料，車到中途，離合器壞了，只得停下。前不著村，後不著店，我們怎麼辦？他又怎麼辦？他挺發愁，可也不是太愁，愁一會兒，又覺得有趣似地笑一會兒，再愁一會兒。然後，拿手機給胥口開車的朋友打了電話，讓他來接我們這趟生意，再帶一條繩子，好把他拉回去。我們就問：車要轉彎怎麼辦？他看看小路，又笑了出來：是啊，轉彎怎麼辦？他問自己。從藏書出來，想去木瀆，公路上攔了輛白車。開車的是

一個女孩，燙髮，畫眉，染唇，戴金手鏈，車座蒙著新罩單，打了空調，要價二十元。我們嫌貴，她就很好說話地減去五元。路上聊起來，她竟也是胥口的，便相熟了許多似的。我們告她，來的路上車壞了，只能著人去拉。她一下子樂了，問是不是一個很大的男的？她的手離開方向盤，做了個很大的手勢，意指開車人的形狀。我們說你也知道？她笑著說是。只這一會兒功夫，拉車的消息就已經傳遍胥口。想一想，一部車拉著另一部車，從小路上公路，再進新街，這情景委實很好笑。

藏書

公路的岔道口有指示牌，此去藏書鎮。為什麼要叫藏書呢？便決定去一次。倘要沿公路搭中巴，就需到光福轉車，比較繞。從岔路下去，卻是近道，出租車資二十元。因說明到老街，車就放我們在善人橋。老街也是沿河設，石板地面，面河有一些小鋪：布店、理髮、雜貨，人極少，聲氣很靜。後一條街稍闊一步，房屋也高大一廓，幾乎每隔三五門面，就是一爿紅木家具鋪。門敞開著，裡面黑洞洞地放著未上漆的家具坯子，體積都很大，也是人少，沒有聲氣。河邊有一夥男孩玩耍，聲音傳得很遠，聽起來很寂寥。進一家布店，看有沒有絲綢，店主是一個文雅的老人，解釋此地絲綢沒有主顧，所以不進，蘇州卻有。問他為什麼鎮名叫藏書？回答因為那山上有一座藏書廟，又說明「藏書」二字即存放書的意思，鎮便以此得名。還告訴道，善人橋也是一個古蹟，與藏書廟齊名，到藏書鎮也有說到善人橋。橋已是

水泥橋，橋頭還堆有幾塊石頭，是舊橋的殘骸。

　　從老街走上來，街面漸漸開闊，兩邊開了些日用小店，店前都有一座保溫桶，盛了家製的冷飲，五角一杯。要了兩杯薄荷白糖冰水。女老板端出兩個塑料杯，杯裡放有白糖，續上冰水，再用一根竹筷攪拌。坐在店堂的白木方桌前喝水，與老闆娘聊天。老闆娘約三十多年紀，神情憂鬱，同我們說話，眼睛始終看著面前少有人至的街面。道是人少的緣故，只因鎮上廠大都關門，多是刀具廠。外地打工的人走了，本地人也下崗了，她自己就是下崗的。鎮上開店太多，這店幸虧是自家的房子，利還是薄得來。當問及人少是不是還因為本地人出外做工去了，她則自負道，我們此地人從來不出外打工。出來時，見門口放有一列刀具，想是不是她們廠關門時，發給職工的產品？然後就到了新街。

　　不料，新街竟是有些氣象的。並不像胥口那樣散在公路的交叉口。而是比較集中，相對封閉的一個街市。店鋪有關門的，開張的卻亦有人進出，街上也有往來行人。於是，氣氛就較老街活躍和明朗。走進一爿個體書鋪，租書兼賣書，有一些人在架前翻書。老闆也是女的，較年輕，讀過書的樣子。問她有沒有吳縣地圖，說只有江蘇省圖，包含有吳縣。那麼圖中有沒有「藏書」呢？她便笑了。邊上有一老一少跟過來搭話，說，即便沒有「藏書」，也當有善人橋。於是再追問「藏書」這名字。那老的穿的確涼白襯衣，拎人造革皮包，像老師，還像舊塾裡的先生，回答我們說，名得之藏書廟，那裡曾是西漢會稽太守朱買臣幼時讀書的地方。臨走時，他再強調了一句：善人橋其實更副盛名。

木瀆

　　木瀆顯見得有年頭了，與胥口藏書不能同日而語，規模比得上個縣級市。尤其是新街的十字路口：柏油馬路，來往車輛，商店，機關，行人，近於都市的繁華。但它同時又是安靜的，不像真正的城市的人雜和喧囂，它自守著一種既定的秩序。

　　我們依然囑中巴將我們放到老街，老街是一個鎮，歷史和地理的起始。於是中巴放我們在木瀆人民醫院。一同下車的還有一祖一孫，手裡提了兩大桶新採下的楊梅，逕直進了醫院，大約去探望病人。再走幾步，便走入綠蔭夾道的河岸。河兩邊是舊屋，格局不一，自家翻造的院落。河岸的樹叢灌木，被水泥柵欄攔著，枝葉掩了半邊河道。因為梅雨時節，河水漲得較高，而且清澈。水道裡，緩緩過來一條小船，上有一男一女兩個老人，長竹竿上繫著小笊籬，撇去水面的落葉，紙屑，腐爛的水草。走過石板橋，插入了老街的中心，這裡就喧騰了一些。橋頭有賣黃鱔的漁民，魚簍邊放了幾個粽手，是他們的午飯。這座橋還是有名目的，算作木瀆一景，題為「斜橋分水」。也是東西南北的通衢，行人紛沓。沿街往一端走去，慢慢又靜下來，街面的住家有的開個小店，有的就在門前擺個攤，賣些自家裁做的襯衣襯褲。再走一些，河邊有了幾張水泥台，像是農貿市場，卻無人設攤，只有一個農家婦女守了一攤瓜坐著。在她身後的岸下，繫了一艘船，船上載著西瓜。

　　我們讓女人挑個小瓜，再剖開。這時，就從船裡出來一個男人，像是她男人，又好像過於年輕了，但再看，就發現年紀差不

多，只是更健壯和好看。有路人佇了步，看他剖瓜，調侃說：瓜好，人家給錢，不好，你們請客。那漢子有些當真，舉刀的手躊躇著，要在瓜上劃個三角，讓我們驗瓜。我們把錢付了他，他才放心切開。路人中有個老者便喝彩：多麼好的瓜，瓜瓤紅得像嘴唇皮！原來這兩人每年這時來這裡賣瓜，同人們相熟得很。漸漸散了去，不時，又有人經過，見我們吃瓜，笑道：有人作廣告啊！賣瓜的女人就笑。男人因賣出一個瓜，又下船去挑瓜，挑上兩個，擺好，才坐下。和他們搭話，問他們從哪裡來，這船瓜一天能否賣完。回答是從用直來，三天可將瓜賣完，所以，船上就帶著灶具、被褥、馬桶，一應生活用品。現在買瓜的人雖不多，可到了傍晚，上班的人回來了，小孩子也下學回來了，就忙了。又同那漢子討論瓜的種植，他說他的瓜從不用化肥，全用黃糞，這樣瓜才甜。可是，我說，你瓜的品種太老，是不是？他便不言聲了。最後，我們餘下了幾片瓜。女人說：怎麼不吃了？我們抱歉說實在吃不了，那漢子便拿起瓜大口吃起來，自己種的瓜不肯糟蹋了。

木瀆的老街不是像通常水鄉的老街那樣，氣氛沉鬱。它比較明朗，相對的開闊，可見它已經過很多代的修葺。並且，它定是有著富足和道德的生活，從它的清潔就可看出。它真是乾淨。街面、店堂、家門，院內外，不見任何一星垃圾和穢物。於是，就也沒有通常的水鄉老街那種霉濕的氣味。有一段河沿，通街有著木頂木柱的廊，木欄下有窄椅可坐下歇息，地面鋪著齊整的石板。問一位老人，這廊是幾時修的，回答僅二年，怪不得漆還很新。過去，舊時代，只是每家店鋪前面，兀自伸出一片簷來。

廊內多是店鋪，見一鋪裡堆了木器和竹器。探進去，一個老

梅雨中的江南水鄉。

人迎了出來，讓我們進裡面挑揀。揀了一個小矮凳，傳統裝榫頭的那種，十元一個。又見店內擠了一塊牌，上寫「張興裕木器」，冒失問是不是他的名字，他竟忿然斥道：這是招牌，我要叫這名字倒好了！再與他熱絡：聽老人家說話，不是本地人口音。他卻感慨起來，帶有幾分緬懷地說：我曾在上海住過十多年。

廊橋的一頭，有一家點心店，桌上搪瓷茶盤裡，排著包好的大小餛飩，形狀精巧一律，便要兩碗小餛飩，一元一碗。餛飩端上，只見清澈的湯裡飄鼓著蟬翼般透明薄亮的餛飩皮，肉餡則是嫩紅的一點，間著青綠的蔥末。湯裡澆的是豬油，香氣撲鼻。老闆是瘦瘦的一個中年人，看我們驚異餛飩的皮薄而有韌性，便插話：這皮子是他親手擀的，走遍蘇州，也未必吃得到這樣的餛飩。話語中藏著自得。問他是否用了羹粉等添加物，回說一點沒有，主要是靠和麵。怎麼和？再進一步問，他就不說了。

橋的那頭，有一個賣烤餅的。蔥油，鮮肉，豆沙的麵餅，放入一具烤箱，出來後酥脆鬆軟，僅四角到六角一個。烤餅的是很年輕的一對男女，從安徽淮南來。後來，在木瀆還見有兩架烤箱，做的和他們同樣，不知是不是他們的老鄉。

有幾樣東西與這避世的市鎮不相協調。一是摩托車，尤其在廊橋「突突」而過，帶來一股外面世界的粗暴之氣。二是牆上柱上張貼的治療淋病梅毒的廣告。奇怪的是，所有這類廣告都好像出自一手，同樣的紙張、格式、字體、印刷。還有一個掃興，就是「斜橋分水」前，有一面木樓，頗有明清商賈之風，樓下是中藥店，樓上是茶樓。可繞到背面上樓，樓梯卻是水泥鐵管。上去，則開了幾桌麻將，洗牌聲盈耳。

近午時走原路去搭車，走回那條綠樹夾岸的河沿。郵遞員騎著自行車挨家送信送報，他的郵袋裡，還很悠閒地插了一份特快專遞。於是，一切又回復了安寧。

　　因是梅雨期間，這些市鎮就幾乎全是在細雨中走過。細雨中，總是見一些手提楊梅的農女。楊梅裝在塑料簍裡，面上復著幾把楊梅葉子。並不打傘，任身上的衣衫淋得精濕。她們像認識你似地，詭祕地笑著招手：來，來買楊梅！還見農人在細雨中彎腰插秧，插完一塊田，便直起身子，收起拉秧行的細繩，繞到軸上，提著回家，下一年還好用。來時，田裡剛注上水，走時，卻是碧綠的秧田。水汽一罩，就蒙了一層綠煙。

江南物事

一

　　讀小學和中學時，曾經去上海郊區住過幾回，至今還記得那裡的草木灰氣味，和飯米微酸的蒸汽味。這是後來我所插隊的淮河流域鄉村所沒有的，那裡的氣味要貧瘠得多。有時候，偶爾地，嗅見這一股氣味，心裡便陡然地一動，似乎又去到那道路逼仄、房屋擁簇、屋前屋後種瓜種豆的村莊。你要定神尋去，那氣味又消散了。這股氣味有一種質樸的富庶，用流汗的勞動換來的衣食飽暖。看見過農人吃飯嗎？那樣堆尖的一大碗飯，手張開托住了底，大口大口地往嘴裡扒，香，富足，而且理直氣壯。看他們勞動，便明白了，那一粒粒的白米，都是拼足力氣掙來的。曾經在浙江桐鄉的烏鎮，那修葺整新後又作舊的青石板街上，走來一個精瘦的老人，頸後扛一架車轅，壓得彎了腰，他呼哧呼哧調勻著呼吸，腳頭很重地踏在石板上，從這一條多少是像舞台布景的、雍塞了觀光客的街道穿行而過，人們紛紛為他讓道。他顯得

辛勞，可是不淒苦。同樣是在這個江南的潮寒的天氣裡，一個老太，蹲在門前的地坪上砸羊骨，凍紅的手握一柄斧，將羊肋骨、羊腿骨砸成小塊，口裡呼出白氣，在髮梢掛了霜，可額頭上卻冒了汗。血水流在地坪上，粉紅的鮮嫩的羊骨，整齊地歸在一邊，疊起來。這勞動裡，就有了一些膏腴的氣息，不是那麼寒素。在這江南地方，勞動與收成都是可靠的，不僅可靠，而且，甚至，還有那麼一點剩餘。所以，相應就有了那麼一點享樂主義，可是，毫不過分，是辛勞的回報。

在桐鄉時，搭出租車去石門鎮，出城時出租車司機要查驗身份證、駕駛執照，因治安不夠好。但其實，作案都是流竄過來的外鄉人。司機，一位圓臉上架了副近視眼鏡、很有些書生氣的年輕人，說：本地人不會作案的，家裡什麼都有，錢也不缺，想吃什麼就去買些來吃好了。這話奇異地令人感動，有著對生活的知足，是微小的享樂，可是安居樂業。

二

這樣的勞動與回報的相互忠誠，人生就會變得簡單和正直。還是在烏鎮，有一名青年指引我越過公路，去到還未開發旅遊業的那一半鎮上，可看見昔日的面貌。過了公路，頓時沉靜下來，正是中午，各家掩著門或起炊，或吃飯。有一扇門敞著，是理髮鋪子，一名中年男子坐在迎門的條案旁邊，低頭打瞌睡，是已經吃過飯了，還是正等家人做熟了飯來喚他。在他的頭頂上方，掛了兩幅炭筆肖像，恭敬地配了鏡框。聽到有人佇步張望，他抬起

頭來，恍惚地朝我一笑，這鼓勵了我，便跨過門檻，問他這上面的人是他的父母嗎？他隨我的手回身向上看一眼，說：是我的師傅和師娘，他的笑臉裡懷著感恩。也許，這剃頭鋪子，亦是隨了手藝一同傳給他的，不是生身父母，卻是衣食父母。

　　走入這個尚處在自然狀態的鎮子裡，雖然房屋破舊，盡是殘垣斷壁，可是卻有著一股飽滿的人氣，是前面公路那一邊的旅遊區所缺乏的。牆面上，用墨筆寫著大字，其實就是廣告的意思，是民間的媒體。刊登最多的是一個道士，稱為「紹興道士」，然後是呼機號碼與住址，幾乎是三步一小登，五步一大登。並且，附加詞愈添愈多，先是「紹興吹打道士」，然後「紹興正宗吹打道士」，無限的殷切。中途，有一個「鏈村樂隊，精唱越劇」參加過來，終於敵不過「道士」的恆心與決心，退出了。再接著，又進來一個和尚搶版面，名「清經和尚」，「清經」大約是地名，盛產和尚？未知。名下寫的是手機號碼，可還是敵不過「道士」的強橫的氣勢，識趣而去。我沿了道士自報的地址找到他的住處，鐵將軍把門。攀了窗戶往裡看，無人，一張方桌，一張床，可看見裡面的天井，亮了陽光，可看出這是個勤勉的道士，腳不沾地奔走四方。道士，和尚，鏈村樂隊，競爭的是喪事的市場，牆頭上書寫廣告最多的便是發喪的物事。還有一具「冰棺材」的廣告，問一名婦女「冰棺材」是何意，回答是人死了，放在其中冰鎮著，人 —— 她拍拍自己的身體，無甚忌諱的 —— 人不會壞。死亡這一件陰森慘事，亦變得現實。所以，在這熱騰騰的生活裡，還有著一種通達。

　　可是，切莫就此以為他們就是那麼務實，他們卻是信天命。

就是那個出租車司機，說「想吃什麼就去買些來吃」的桐鄉人，很鄭重地說，桐鄉有水，卻無山，倘有山，必將更加繁盛。又說石門鎮如今蕭條了，原因是破了風水，運河在哪裡拐過彎？就在石門鎮彎一彎，形成一個斗勢，這是一個金斗，可是，近年，劈中造了座橋，斗漏了底，鎮勢破了，果然，當年，四個鎮長就因腐敗抓了起來，從此，石門經濟走了下坡路。這就有些天人合一的一元論思想了，所以，他們雖然不空談，但也是有哲學。

紹興華舍的老橋。

有些江南小鎮尚處自然狀態。

「用墨筆寫的大字，其實就是廣告的意思。」

三

　　江南地方，在政治版圖上是偏僻的所在，鎮市多是依著生活的需要逐步形成。然而，只要仔細衡量，如此密集的人口，在水網密布，田地狹窄彎曲的地面上居住，生活，你會驚嘆人與自然竟能協調得這般合理。一切都好像有商有量，有謙有讓。在這裡，造橋是最大的德行，所有的橋名，都是以「仁」、「德」、「功」、「慈」、「濟」之類的重褒命名。在水鄉，橋的引渡的意思變成了生活實際的功能，於是，家常裡面，就有了哲學的意味。

　　青浦縣內的朱家角鎮，放生橋下有幾塊碑，刻有造橋、修橋的情形。說是嘉慶年間，此橋一端為崑山，一端為青浦，民眾集資修起，非常不易，所以要加強保護管理。「土丐流民在橋上燒火煨飯」，會薰壞了橋面橋柱，「販牛牽牛者」在橋上拴牛，牛尿會腐蝕石縫間的泥灰，還有橋下的居民在橋堍立木柱覆瓦蓋，即搭建違章建築，漸漸侵噬了橋墩，都是破壞性的，如有犯者，必扭送縣府。到這裡，生存的哲學又以鄉俗民規行政化了。我覺得，他們就好像是在以非常物質化的方式，度著一種內心生活。從河邊廊下走過，聽剪刀一只一只剪螺螄，看女人揀米裡的石子和蟲，或者用一把鉗子，細細地撥去一隻豬蹄上的毛。再走遠些，到了鎮邊，看農人一步步走在秧_上，一把把落穀，你幾乎可以體會到一種佛意，不是用玄思，而是用身、手、四體，諳著人生的要義。

四

　　一九九六年，我生病，想找個清靜地方休養，母親建議我去
她老友家鄉，她曾在老友的老屋裡度過一段。母親說，那裡的靜
裡有點鬧，而鬧呢，亦不是喧鬧。聽母親安排，我便去了。住下
一月，領悟到這江南小鎮的亦靜亦鬧，它是可療治虛無的病症，
藥方就是生活，那種沒有被剩餘需求遮蔽、又不必為生存苦爭的
生活，它一點一點滋養著安寧的日常快樂。那個小鎮子名字叫做
華舍，我在小說《上種紅菱下種藕》中寫的那鎮，就用了它的名
字。不過，我自己另為它畫了一張地圖。當我去時，老屋已經荒
了，母親老友一家，搬進了鎮上的新工房。小說中小女主人公所
寄居的那屋，就用了這格式。格式裡的人自然亦不同了。我也同
裡邊的小人兒一樣去抽了籤，不過是在另一處廟，石佛寺，抽了
一張好籤，真是貼心貼肺，勸我「莫嘆年來不如意」，從那寺後
的灶間看出去，正是個埠頭，擱著淘米籮和青菜，灶間裡亦是前
頭說過的柴米煙火氣。江南的教事，就是這般人間情味。

　　這是一種自給自足的生活。精神與物質合為一體，還未被社
會分工割裂。這裡的人性都很耿，其中有一種人，因不合群，
思想怪僻，獨立獨行，被形容為「獨」，叫「獨頭」。這是個罵
名，我卻覺得有一股精神，與此地的風土很切合。記得多年前，
在紹興咸亨酒店裡，一些頭戴氈帽的農人坐著喝酒，他們捲起褲
腿，裸出沾了泥巴，患了輕重不同的靜脈曲張的小腿，他們不喝
多，四兩黃酒，一碟茴香豆或豆腐乾，最奢侈不過加一只茶葉
蛋，顯然是常客。當一名記者摸出照相機想拍照的時候，一個精

瘦的老人火爆爆地跳起來，跳了腳罵：我叫你照相，我要照像我自己會去照相館照，要你照！他用力拍著口袋，表示口袋裡裝著有照相的錢，直罵得那記者落荒而逃。這大約就是紹興人裡的「獨頭」了。現在，咸亨酒店已改造成酒樓，並且漫及全國，那些鄉人們的「下飯」，或者叫「咸頭」，即菜餚的意思，已成了品牌，座客多是觀光者，裡邊再不會看見這些每天一早，步行十來里泥地，坐下喝四兩黃酒疏通筋絡的農人，他們頭上的氈帽已成了紀念品，進了旅遊商店。烏篷船也是載遊客的，沿了岸，跟了遊人的腳踝，聲高聲低地邀：去啊，去太平橋，拍照相很好呢！

二月裡來好風光

　　到山東臨朐，正當一場雪後，積雪的沂山在蒼天白日之下，有一副地老天荒的面目。沂蒙山區大多地方屬臨沂地區，但沂山主峰則在濰坊市轄下的臨朐縣境內。其他山脈以沂山為端點，呈扇狀展開，彌河，漢河順山谷而行。境內僅只百分之十二點八為平原，再有百分之三十一點三為丘陵，其餘均為山地，是典型的沂蒙風光。剛出正月，農戶新貼的對聯紅彤彤的，寫著迎春的吉祥的詞句，一串串玉米棒子掛在屋簷底下，黃燦燦的，石碾在村道邊咕轆轆地唱，黑瓦紅磚的房屋依著山勢一排一排上去，雪後的太陽明媚得晃眼。山裡的氣溫很底，雖是開春還相當寒冷，塘裡結著薄冰，樹木枯著枝頭，麥地卻已滲露出一層隱約朦朧的綠意。村裡和地裡都很寧靜，有一股安詳的氣氛，走進村道尋訪農戶，有一種回老家探親的感覺，院子裡陽光分外的暖洋洋。

上石砬

縣志上寫：「建村年代：清代；村莊處地多卵石，初名石砬。後山洪將村一分爲二，北者謂北石砬。一九七五年因修水庫遷今址。」

村裡人大多姓張，但老人說，這張是從三個地方搬遷來此地，雖是同一個「張」，卻不定是一脈血緣，至於爲什麼三個「張」會從三個不同地方匯合於此，則沒人能說清了。一九七五年修水庫，全村搬遷，苦心經營多少代的家業付之一池清水，又要從頭來起。而北石砬，因地勢高，並非受益的村莊，也算是體現了那時代的「龍江風格」。至今雖已十八個年頭，然而如田地裡一季一季收獲莊稼這樣的積累速度，十八年只是很短的時間。

村支書首先將我們引進的一家可說是全村一百七十多戶的首富，正當村口，高台階，高門檻，影壁牆嵌了青松紅日的磁磚畫。這是前任老支書的家，新蓋的七間屋。老支書的三個兒子，一個在濰坊做工，一個在臨朐做工，還有一個在前邊水庫管理處工作，家裡幾畝口糧地，小兒子下班回來順手就種了。房子是三個兒子出錢蓋的，老大老二雖不在家住，卻也都留了房間。老支書的弟媳正來串門，見有客人便回去端了蘋果。她家承包了果園，蘋果收成不錯，可是品種太老，是那種最老式的國光，因此賣不出好價錢，一斤才五毛。蘋果是北石砬的重要收入，這裡的地全是山地，小麥畝產四五百斤，就再不上去了。現任的支書很具憂患意識地說，農村的問題將會愈來愈難，土地的能量基本上已經發揮到了極限，要搞企業，交通、資金、技術、管理，都是問題。這支書是個中年漢子，高高的身個，穿一身極整潔的毛滌灰色中山裝，與身穿藏青滌卡幹部服的老支書相比，顯然前進

村裡的寧靜，
有安詳的氣氛。

了一個時代。我問這村裡有沒有學校，說有一個完小，倘是上中學，便去十里外的蔣峪鎮。我又問這村裡有沒有出過大學生，先說沒有，後又說有一個，讀師範的，現在濰坊師專教書，至今二十八歲了，還沒娶親，說是正在報考研究生。這孩子的父親在縣果品公司工作，母親在村裡，說起來只能算半個農民。人們對他至今不娶親這點，都流露出善意的憂慮，並且相傳他在濰坊過著一種古怪而神祕的獨身生活。支書問我是不是再走一家，我說想去看看較爲貧困的農戶。支書說如今最貧困戶一般都是超生戶。孩子多，加上罰款，便有些跟不上致富的腳步。

支書在村口閒聊的人群中選了一個，讓他帶我們去家看看。他穿著整潔的藍布棉襖，頭戴制服帽，臉上帶著溫和的笑容，領著我們向家走。路上問他共有幾個孩子，他說有三個。幾女幾男？回答兩男一女。那又爲什麼要超生？我們知道這裡的政策是頭胎女孩可在一定年限之後生二胎。就算他頭胎女孩，那麼二胎是男孩，爲什麼又非要生第三胎？他沒有回答我的問題，卻笑得更溫和了。到他家，卻見門鎖著，媳婦串門去了。化雪的天，地裡泥濘，沒法幹活，只有村道上的碾子在轉。他找了幾家也沒找到媳婦，正發愁，支書瞅住了看熱鬧的一個男人，說：上你家去吧！

他身穿一件破舊的軍棉襖，敞了懷，頭髮蓬亂，臉上也帶著溫和的笑容，神情卻不如方才那人明朗。問他才知他生了三胎全是女孩。他家的髒亂差大約可算北石砬的首屈一指，屋裡兩張大床被褥凌亂，一根繩上掛著大小衣衫，地下一口鍋灶，還有個破櫃。牆上鏡框裡有他在雲南當兵時英姿勃發的照片。我說你還是

個當兵的呢，卻這樣封建。他便笑，笑過了又指著另一面牆，這是大女兒的獎狀，這孩子讀書特別聰敏。在隔壁堆放雜物的屋裡，卻出人意外地呈現出迥然不同的整潔和秩序，糧食缸排列在牆根？農具收拾得很乾淨，有一架自行車和一部縫紉機，牆上還掛著新打的窗戶門框，散發出木頭的清香。這情景體現出一個農民對生活的懇切和希望。他說他現在不能出門打工掙錢，因為孩子太小，媳婦一個人顧不過來，他今年的計畫是將房子收拾收拾，門窗已經打好了。他說他養了八隻雞和兩隻羊，這羊去年為他掙了二百塊錢。然後，他又說，他已經認識到男孩女孩都一樣的道理了。這最後一句話聽起來有點像對上級政府的檢討，連他自己都笑了起來。

常莊

縣志上說：「建村年代：元代；常氏立村，故名。」

在常莊，我們沒有聽到關於村莊歷史的傳說。去常莊是在回返鎮政府的路上，一看時間還早，又見路邊有個村，便停了車。大路邊的常莊，處於一種人來車往的沸騰氣氛之中，地勢也較為平坦，小麥畝產可達七八百斤。常莊的房屋很好，高大、整齊。常莊有不少人家開油坊，屋頂上豎著細長的鐵皮煙囪。常莊還有不少人開拖拉機跑運輸，村邊的大路是他們的搖錢樹。常莊去年又搞起了蔬菜大棚，一趟大棚一年可得二萬元，頭一季黃瓜成熟，就有小販推著車從大路上來了。常莊的姑娘媳婦新學了織掛毯，辦了一個掛毯廠，手巧心靈的，每月可掙一百多。常莊每年都

有孩子考上中專和大學,去年有一個男孩考進了唐山陸軍學院。

我們先去找村支書,沒找到,說是村支書到案上去了,便去支書他爹的家裡。支書他爹是一九五八年的老黨員,合作化的積極分子,問他那年的情景,他微笑著,流露出好漢不提當年勇的神情,只和我們說責任承包後的變化。他的四個兒子,老大做了支書,另三個合開了一座油坊,前二年收入很好,近一年因為黃豆漲價收入便減了。這老漢胖胖的,鼻梁上架了副眼鏡。堂屋迎門貼了色彩熱烈的圖畫,還有祝福的紅對聯。爐子燒得很暖,擠了一屋的媳婦小子看電視。門外有一戶新起了屋,正蓋院門,不時傳來幾聲吆喝。然後,支書來了,引我們去了他家。

他屋裡的陳設顯然更接近城市化,地掃得很乾淨,沙發上堆著許多報刊,大都是農業科技方面的,從院子裡能看見他兄弟們的油坊煙囪裡的輕煙。他曾經在吉林當過兵,牆上鏡框裡,有一半是他戰友的照片,其中有一個歡眉大眼的漂亮女兵,他說是師部的電影放映員。

姬家莊子

縣志上寫:「建村年代:明代;姬氏立村,故名。」

昔日的支部書記張老漢說,姬家莊子曾經有一個大戶,一日,朝廷派來一個欽差大臣,這姓姬的竟對了欽差大臣誇起富來,他說他家從南邊看有八匹紅馬,北邊看八匹綠馬,東邊看八匹白馬,西邊看八匹黑馬。其實呢,他家僅只有八匹馬,可照這麼一說,卻是四八三十二匹馬了。欽差大臣回到京都,心裡愈想

愈不安，心想，姬家莊子這一個大富豪可是個禍患，於是下令殺了他，並且滿門抄斬。從此姬家莊子再無一個姬姓人了，只在山上還留有姬家的墓碑。

姬家莊子是當年學大寨的典型，這村子地形地質的惡劣艱苦比之虎頭山有過之而無不及，而張老漢則是學大寨的著名帶頭人。許多人從很遠的地方來這裡參觀訪問，張老漢至今還記得當年來過這裡的記者，作家，幹部的名字。他從一九五八年當大隊長，一九六五年入黨，任支部書記，一直到一九八七年卸任，經歷了大躍進，三年自然災害，學大寨，分地到戶，幾乎一整部共和國的農村變遷史。我們是坐在他家院子裡聊天，午後的太陽照在身上，院裡碾子跟前，圍滿了毛絨絨的小兔，黑白灰黃，花絨球似地滾來滾去，玉米稈發出乾燥的氣息。張老漢眼睛看著腳前的一塊地，沉浸在久遠的歲月中。我們問他，四十多年來，哪個時代最好，他抬起頭，眼睛灼亮了一下，說，論吃穿是現在好。他抬了抬腳，說，像這鞋，那時候誰有得穿？而如今就算最差一等的，沒有人願意穿了。但是，他頓了一下，要論人心，是學大寨時最好。他臉上流露出神往的表情，還有一點傷懷。那時候的人心，真是純潔，拿了隊裡一棵草，就是反革命，而現在，小偷小摸就不算個啥了。那時候一桶糞倒自留地還是倒生產隊地，就是兩條路線的事情，人心沒有不向公的。人心齊，泰山移啊！可是——我們說，那時候為什麼糧食卻不夠吃？老漢激動起來了，那時候並不是我們少打糧食，而是全繳了公糧，一戶要繳一噸糧哪！那時候幹活是多麼熱火朝天！勒緊了褲帶也要繳足公糧。

說話的時候，灶屋裡就傳出「吃吃」的笑聲，他老伴和回門

的女兒躲在灶屋裡聽。他老伴當年一定是個出色的美人，至今這年歲了，卻還能看出極其苗條的身個和端正秀氣的五官。老漢對她們的笑聲置若罔聞，對老伴「可別說差了」的警告也置若罔聞。我們說，那麼大躍進時候呢？不也人心齊嗎？老漢倒笑了，頑皮地眨了眨眼睛：那時候都沒家啦！他還準確地記得，一九五七年八月十三日，公社還開會抓農業，第二日便讓隊幹部集中，去溝裡抬一種含有鐵質的黑石頭，說要煉鋼。隊裡挪空了一座磚窯，一層炭火，一層石頭，再一層木料地鋪到頂，然後點火。燒到第十五天，從窯頂流淌下黑水，到地就結成了塊，當年的他一口氣跑到公社，說：出鐵了！公社派人跟他跑回來，一看卻是油灰。說到這裡，老漢就笑，我們也笑，灶屋裡更笑。笑畢，老漢正色道，還是學大寨那時候好！說到公地的情景，老漢的眼睛又看著地了，他說，分地時因為思想不解放，走了些彎路。開始，他們將生產隊拆成組，把地分到組；後來，大組又拆小組；最後，才分到個人。老漢說，應當一步到位，卻走了彎路。說罷他便沉默下來，太陽在他跟前的地上慢慢地移著影子。我們就起身去看院子和房屋。他老伴告訴說，說房子原是來自青島的知識青年的房子，一九七三年學生們都走了，就作了隊部，分地時，隊產折價出賣，他家就買了這房。老漢有二男一女，全在務農，自己給自己蓋了屋。老漢沒能為他們攢下一點財產，也沒能為他們爭取一個招工招生的名額。最後他送我們去村口，向陪同而來的鄉鎮幹部一一打聽一些舊人的近況，託他捎好，然後看我們上了車，背了手目送我們的汽車駛出村道。

申家莊

縣志上有兩個申家莊，一個大申家莊，一個小申家莊。據縣志上說，原本是一個申家莊，清代申氏立村。後來一九六三年遭了水災，一部分農戶便遷到一里以外擇地而居，取名小申家莊，原來的申家莊便叫大申家莊。大小申家莊則合為一個行政村，村名仍為申家莊。

申家莊是臨朐縣脫貧致富的典型，一九八四年開山種山楂樹，如今滿山遍野都是山楂樹，秋天掛果的時候，是什麼樣的景象啊！村支書是省勞動模範，我們沒找到支書，就到支書的弟弟家坐了坐。在那裡，我們又聽到了一部共和國的變遷史，卻是另一種形式。支書弟弟是鄉裡的電影放映員，從一九七二年當上放映員，至今已有二十一年，問他放過哪些電影，他從八個樣板戲電影報起，然後是《看不見的戰線》《鮮花盛開的村莊》《豔陽天》《決裂》《創業》《喜盈門》《我們村裡的退伍兵》《少林寺》《火燒圓明園》，一直到今天晚上要去放的《中國勇士》和《西安血戰》。當他報著二十年來的電影名字時，也喚起了我們的記憶，就好像在進行著一次回顧展。他最早去放電影時，是推著獨輪車，現在他自己買了一部摩托。那時候還須拉著手搖發電機，如今村村都拉了電線。他一般都是下午四點出發，裝上放映機、幕布和片子，同另一個放映員一起上路。到村裡，先拉好幕布，然後吃飯，天一黑就開映。我們逗他，你這媳婦是放電影放來的吧！他說不，放電影前就說好的。我們又逗，當上放映員也沒退婚？他說，這不壞了良心啦！

在放映員家我們還吃到了山楂，這種又紅又大的品種，名字叫「裂口山楂」，聽起來喜氣洋洋的。

謝家窯

縣志說：「建村年代：明初；謝氏立村，伐木燒炭為生，故名。」

謝家窯也沒有一個姓謝的，全姓沈。傳說明朝時，沈家和謝家訂了場大官司，謝家敗了，被沈家趕走，然後住下立村。因謝家還留下一口窯，於是就取村名為謝家窯。這段野史，村裡人老少皆知，代代相傳。

去謝家窯的路很糟糕，我們特地從鄉派出所借出一輛吉普。吉普顛簸在崎嶇的山路上，不時需要停車大夥一起下去搬石頭，石頭咕轆轆滾落谷底，撞碎了乾枯的雜枝野樹。有時車輪滑進了路邊的溝，於是又下去合力推車。車漸漸走進山的深處，這路越加坎坷，山坡上盡是亂石雜草，開出這樣的路也是相當不易。當謝家初初進山，一定是草木遍野，滿目蔥蘢，這樣，他們便選擇了伐木燒炭的生計。燒了多少年月，才能燒盡一山一野的綠樹呢？謝家被沈家驅逐出山的場面似乎出現在顛簸的山路盡頭，這有一種荒蠻粗礪的氣氛，籠罩了我們的旅途。

謝家窯這村莊就像是嵌地凹凸不平的山縫裡，房屋緊貼山壁，有一股唇齒相依的哀婉味道。房頂上還鋪著白雪，山澗裡流著指頭粗細一股清泉，太陽從山的漏隙間照了進來。謝家窯是鄉裡最後拉進電線的，通電的那一個晚上，燈光一下子亮起，

人們說：錚明啊！真是山野奇觀。我們在山壁與房屋的夾弄裡忽上忽下地穿行，有老人與我們招呼，問我們吃過沒有。我們推開一個小院，有男人女人和孩子出來迎接，屋裡暗暗的，靠牆一條火炕，還有一口灶，鍋裡正煮餃子。問一年能吃幾回餃子，說是三五回。那麼今天是什麼日子，又吃餃子？回說男人今天要去鄰縣的麵粉廠打工，去一年，每月能掙一百來塊。男人撩起衣服讓我們看他肚子上的刀疤，說去年手術胃切除欠下二三千元的帳，又不能幹重活，超生罰款一萬元，分十四年還清，每年要還七百多，家中還有一個八十歲的老人。我們問他有幾個孩子，是男是女？他說兩個男孩。那又何必超生？他就說他是獨子，家有八十歲的老人。我們走出家門，見院子裡草堆下還有一口棺材，想是為老人準備的。雖然政府規定火化，但老人卻一定要口壽材，到時候，穿好老衣，睡在棺材，抬到山下火葬場，火化之後棺材裝著骨灰再抬回來，埋葬在山上。

十幾年前，鄉裡曾經決定將謝家窯遷村到山下，可人們不願意，遷去十多戶，又跑回了幾戶。堅持下山的那幾戶，現在倒都挺不錯。人們說再窮再苦都是自己的村好，到人家村，受人家氣，故土難離啊！山上的草木愈來愈少，山泉愈來愈細，謝家窯的人口倒見多了起來，近二百口人了。我們去村主任家。他立刻讓媳婦去買好菸，人們向他介紹我是上海來的作家，又說我的級別比縣長還高，他便問我，能不能給撥點款。村主任三十九歲年紀，讀過幾年小學，本要發展入黨，後因超生作罷。我們問七幾年時遷村他為什麼不走，他說當時老人做主，要是現在遷他就走，說罷就看陪我來的鄉幹部。幹部說，現在想遷也遷不成了，

以前都是一個行政單位，如今分了地，責任制，誰能接受你？再說，田地也比那時金貴了。幹部又說，那時你也長大成人了，為啥不能自己走。他說，不，那時他只是個娃娃，二十多年前嘛。幹部說明明是十多年前。他堅持道，一定是二十多年前，他有證明，說罷就起身去開櫃門。我們等著他給我們看什麼證明，他卻忽然想起似地，拿了菸給大家吸。這時，他媳婦進門和他商議中午殺哪隻雞，我們便說中午絕不在這裡吃飯，激烈推讓一陣之後，他便吩咐媳婦去炒栗子。我們叫住媳婦不讓走，逗她說為什麼要嫁到這山裡來，是看他長得漂亮還是會說話，媳婦就說她要炒栗子去了。村主任很矜持地說，謝家窯的人還都是娶的山下的女兒，當然，光棍也不少。至今還有七八條，有一個已經三十一歲了。

天已近晌午，我們還想去看看學校，他就陪我們去，出門前又囑媳婦趕緊地炒栗子。這是三年制的村辦學校，一年「育紅」班，就是學前班，再加一年級和二年級。三年級就要去十里地外的鄰村。小學兩年招一次，只一名老師，也是本村的。我們到學校時，孩子們正大聲地讀漢語拼音，老師坐在一邊看書。我們首先看到的是老師的背影，這背影給我們強烈的印象。他穿一件十分清潔合體的藏青西服，髮根理得很整齊，露出白皙的脖子，他使這石頭與土砌起的教室顯得明亮起來。他站起身歡迎我們，臉上露出文靜而靦覥的笑容，他手裡拿的是一本音樂課本，正在默讀一份樂譜，是著名的《杜鵑圓舞曲》，他今年二十六歲，高中畢業，已回村教了兩年。他使我想到山外面的世界，我想他從一年級讀到高中畢業，兩條腿要走多少山路？他從山裡走到山外，

再從山外走到山裡，心裡會想些什麼？

我們與小學老師告辭，就向村口走去，村主任再三讓我們稍候一刻，他回家拿炒栗子讓我們捎上，他站在石橋那端，我們站在這端，相持了很久，最後我們上了吉普，吉普出了村。車從山崖下駛過，我忽然看見崖上一片墳頭，由於從下向上的緣故，那些墳頭顯得高聳而肅穆，有壓頂之勢。墳頭壓著新鮮的紅紙隨風飄揚。這就是從趕走謝家占山為王而繁延至今的一代又一代長眠不醒的歸宿，和生生不息的家園。車過墳頭，峰迴路轉，前方出現幾個年輕的村民，他們穿著西裝或者牛仔褲，正在修拓山路，電鑽突突地響。見車過去，便向我們揮手致意，在灰色的山壁前，他們的臉龐顯得分外年輕。山路漸漸開闊，日頭躍然中天。

大花龍潭

縣志說：「建村年代：元末；花氏立村，花氏墓地旁有一清潭，故村名花林潭。後村側建一龍王廟，改為花龍潭。小花龍潭立村後，改為今名。」

大花龍潭這名字有富麗堂皇之感，我們猜想它一定有過繁盛的時代。如今它不是非常富裕，但無疑是新村規畫相當出色的一個村。房屋成排，台階高整，村道寬闊平展。那一列四棵巨大的槐樹使人想到源遠流長的歷史。去大花龍潭是一個暖和春日午後，地裡的雪化了，人們都去幹活，村裡很少人在，槐樹下的碾盤轆轆地轉。我們在村裡走來走去，想找人問一問村莊的傳說，還有老槐樹的故事，卻沒有問到。我們注意到每戶人家門上有一

春日午後，
都去地裡幹活了，
村裡的人很少。

塊鐵牌，鑄有十顆星，每顆星下寫有一條評定標準，比如，「計畫生育」，「勤勞致富」，「敬老睦鄰」。「計畫生育」這顆星已有多戶失去，而其他九顆大多保留完好。我們看見有一戶不僅缺「計畫生育」星，還缺一顆「勤勞致富」星，便推門進去。院子裡靜悄悄的，窗台上曬著一排紅參，房門上沒掛鎖，叫一聲「有人嗎？」就有夫婦二人應聲出來，那媳婦手裡拿著針，正在屋裡縫製花邊，是從縣裡花邊廠接的活，看上去挺「勤勞致富」的。我們就問門上那顆星星怎麼沒了？他們先是紅了臉，接著又掩嘴笑，過後才說，是讓調皮孩子用一尺長的棍子刮掉的。我們也沒深究，走出院子回頭問一句，知道那老槐樹多少年代了嗎？他們回道，聽老人說，一生下地它們就這麼老了。

橋家峪

縣志說：「建樹年代：清代：喬氏先居，村處峪中，名喬家峪，後演寫為今名。」

想去橋家峪卻沒有去成，有座橋斷了，車過不去。想去橋家峪是因為不久前有一法國女人去過那裡，我極想聽聽橋家峪的鄉親們說說那法國女人。法國女人是由一個民間扶貧組織委派來檢查資金落實情況，這組織支援這鄉二十萬元建造一個冷風庫。法國女人在北京讀過社會學，會說中國話。她來到這裡就要求去看一個貧窮的村莊，於是就帶她去了橋家峪。她到了橋家峪看什麼都新鮮，看了煎餅問：「這是什麼？」告她說是用玉米糊攤的，她就問：「玉米糊是什麼？」陪同她去橋家峪的幹部說，這是個

奇怪的女人，她只給女的紀念品，男的一律不給，我想她大約是個女權主義者。那幹部還說，她的眼珠子那麼黃而透明，頭髮是灰灰黃黃，他又解釋說，她和咱們是兩個品種，就像山羊和綿羊的區別。去橋家峪的那天下著小雨，他們一群人冒著雨來到村裡，濕透了衣服。回來的路上，法國女人很沉默，她說農民的艱苦超過了她的想像。

鄉裡的冷風庫已經使用，在收獲水果的季節工作繁忙，水果是這山鄉致富的希望。

去村莊的道路常常是在漫山遍野的果樹間穿行，果樹是層層疊疊栽滿了山嶺，枝上還掛著積雪。秋天的時候是紅雲爛漫的季節，山裡的紅葉紅了，山裡的蘋果紅了，山裡的山楂也紅了。我們還看到一片奇怪的蘋果樹，樹幹彎到地上。人們告訴我，這是將老樹推倒，腰桿上嫁接新品種紅富士的枝條，這樣，老品種還能結二年果子，然後新樹就長大了。果樹間已有勞動的身影，二月是家家戶戶種田忙的日子，這裡一個，那裡一個。地裡的雪化了，沂山還濛著積雪，白雲很輕快地從山頂走過，露出藍天。人們回想起開山修田的情景，雷管一串串爆響，泥石飛濺，山谷裡的回聲久久不息。一個坑一個坑栽樹的勞動需要耐心和細心，再要從水庫引水上山，修渠灌溉。鋤草，剪枝，除蟲，施肥，每天早晨上山，太陽下山我們也下山，收獲果子的節日就這樣一天一天近了。

綠崇明

　　潮漲時分，船接近灘塗，起了風，濁黃的浪一塊塊，一條條，疊著過去，灘塗上的蘆葦橫割在蒼茫水天之間，江鷗飛翔。這大約有些像遠古時期的景象，江心還沒有呈現陸地。崇明真的是有些古意的。走進去，那一種綠，層層疊疊，一進又一進，一重又一重。壯碩而且肥厚，綠得有些蠻荒氣。空氣又是濕潤的，潮氣像霧一樣漫著，肉眼都可看見，面前移來移去，也有著蠻荒氣。

　　吃的，多是草本食物。老玉米，粒頭硬實，排得緊密，咬在嘴裡，意想不到的飽滿有汁，有一股草木的清甜。還有香酥芋，個頭很大，看來粗放得很，烹製又很簡單，無甚作料，帶皮煮熟而已。吃來竟十分細糯，既沒有水渣，也不噎喉。一種香也是糧草的香，質得很。再一種吃食，大約是出於災年裡糧荒的經驗，卻相當別緻，就是草頭餅。草頭本是肥田的青料，嫩頭也可嚐鮮，是野菜的風味，和上面，做成餅，草香和著麵香，苦中有甜，還帶著些糙，便爽口了。崇明還敢吃河豚魚，殺洗得乾淨徹

底，一百個保險，是踩著先民們的屍骨走過來的食法。

　　崇明的話，雖聽不太懂，但經人講解，卻發現存留著些古音。比如「恁」這個字，是常用的，「恁」樣的什麼什麼。形容人聰敏，是說「點詐」，相當文面，笨則是「悟」，「悟」這字就有些鄉風了，簡約而形象，定是用「開竅」的反義。最著名的是「哈」這字了，江對面的上海，用雙關語「崇明蟹」來稱崇明人，其中一關是指崇明出蟹，「蟹」字在滬語中念「哈」，另一關便是指崇明語了，管「啥」叫「哈」，「幹啥去了」說作「做哈去了」。在我曾經居住過的北方古城徐州，也有把「啥」說成「哈」的，但漸漸演化，向普通話靠攏，就不大有人說了。大約「哈」是從「何」來，這就有文言的意思了。

　　崇明的人，古風淳淳。找一隻船，帶我們看灘塗，船長、舵手、水手、廚子，一律男性。多是中等的個頭，不胖，黑，動作敏捷，在搖擺和逼仄的船上，靈活地上下走動。那廚子圍著一條白單子，兩腿略岔開站立，煎，煮，炒，燉，大把下料，大瓢舀水，熱火烹油，轟轟烈烈，臉上一直帶著懇切的微笑，顯出對自己工作的滿意。船上放下汽艇，兩位水手帶我們在六級浪中駛向灘塗，汽艇在浪中穿行，忽兒高，忽兒低，船上的人都擠在舷邊，揮手吶喊，讓我們回航。那廚子擠在最前面，也跟著跳腳搖手，直等我們重又上船，才又回灶前忙碌。等艙內擺開飯菜，七大盆八大碗地上來，沒吃幾口，我們便一個個暈了船，現世地放倒了。有睡到船員輔上的，有到甲板上吹風的，蠟黃了臉，說不出笑不出的。那廚子這時捧了碗吃飯了，一邊欣賞我們的暈狀，滿臉笑容。他將肉骨頭啃得「咯吱」地響，有味地咂著嘴，將骨

頭吐進滔滔江水。他握筷的手式很特別，是用中指以後的兩個手指和拇指，中指和食指則張著，形成「鉗」和「夾」的姿勢，也是有些曠野的。

　　江風中昏昏地望出去，船一起一伏，遠處的崇明一隱一顯，正應了「崇明」這兩個字的原意：「崇」是高出四方的狀態，「明」即是光明，想這「光明」並不止是亮，還有綠的意思吧！

旅行的印象

　　旅行中的印象，有時是猝不及防地進入眼簾和心中，但其實呢，之前已在做準備。許多無意識的情景，逐漸積累起來，到了一個量上。然後，假如有幸運，邂逅了一個突出的精華性質的景象，那麼，印象便形成了。大多數的時候，事情是平淡的，沒有正逢其時的畫面出現，於是，之前的許多情景，便得不到集合與提升，零散開來。有一些消失了，另有一些，誰知道呢？或許匯流到另一個印象的積累之中，參加迎接另一個邂逅。在這一次的幸運中，它實現了目標，而且，將上一回，或者上幾回的情景帶到這最後的實現中，它極有可能稍稍改變了這一個印象。許多印象，到後來都脫離了它的客觀存在，在我們心中展現出一幅，甚至毫無關聯的圖畫。

　　因為旅行多少帶有漂泊的成分，它離開生活的軌道，兀自進入另一個時間的流程。在這裡，事物之間缺少通常的邏輯關係，許多人和物的出現多是突兀的形態。它遠遠抵不到觀念，思想，因都是比較淺顯的零碎的細節，缺乏過程，停留在直觀之中，所

在紹興的秋瑾故居。

以也難集聚起來。要有一點攫取，也只能是印象。這些印象，在蕪雜的視覺收獲中，沙裡淘金地提煉出來，刻在我們的經歷史最表面的一頁上，與人生無關。它挺脆弱的，時間久了，還會洇染開來，變得模糊。但在我們靜思默想中，它卻會提供一些資料呢，大約也可算作美學領域的活動吧！

紹興的軒亭口，便是一個比較深刻的印象。它是在鬧市的中心，東西南北貫通的大馬路，相交的十字路口，立著一個高直的碑。人們從這裡往來，去到自己要去的地方。因為習以為常，很少能想到在這裡，曾經上演過的歷史慘劇，秋瑾在這裡斬首。可是，從深巷走出，到大馬路，面著紀念碑，驀然間，會有什麼襲來。底下是車水馬龍，中間聳著這高尖碑，頂端在江南潮濕空氣的氤氳裡模糊了形狀。在綿密的日常生活中，歷史的壯烈陡然間露出崢嶸，這兩者相距甚遠，卻又鍥合一起。就說尋訪秋瑾故居，向一個行人問路。他正是早起晨練完畢歸家，順路，便帶了去。路上遇熟人會問：去哪裡呀？他回答說：做嬉客！「嬉客」是紹興話裡玩耍的意思。然後到了地方，他招招手，再說一遍：做嬉客吧！秋瑾家就好比是某一個街坊鄰人的家，去她家做嬉客呢！不過，她不在家，門敞著，由你們進去，家裡很清潔整齊，可並不冷清，隔牆傳來人聲和煙火氣。似乎，這裡的主人，走一段日子，還會回來。紹興的故人，都有著這樣纏繞的氣息，他們幾乎就在里巷之間，摩肩接踵的人潮裡。那軒亭口一景，是從這散布的情形中拔出，突兀在某一個視覺的瞬間裡，攫住你的注意。

山西的五台山，在我的記憶中，所有的廟宇都模糊了形狀。大約是去的太多的寺廟，混在了一起。在我們這些宗教與建築的

外行人眼裡，它們多少是大同小異。而裡面活動著的僧人，又是帶些世俗的面目。親眼見一個小和尚，搬著沉重的一大木盒子米飯，分送到食案上，旁邊的大和尚袖著手，無一上前幫一把。他們還互相調笑著，一點都不嚴肅。而在另一處，一個上些等級的和尚，一邊整理袈裟，一邊抱怨：忙死了，一會兒還要講經！他清秀的白臉上，架了一副無邊近視眼鏡，眼睛很靈活。遍山都是僧人，在遊人中間夾雜穿行。因為吃素，還因為沒有工業與消費的污染，都長得俊拔，神清氣爽，衣袂飄兮。他們儼然是這山的主人，態度傲岸。倘若我們不知規矩，無意中踩了門檻，無論大人小孩，他們都會兇著臉，猛喝一聲：下去！山上泡了幾日，最後的印象，則是方才進出的第一面，那就是滿目綠樹黃牆間，光頭、亮目、草鞋、綁腿、袈裟、佛珠。所以，有時候，情形是反過來，後面的情節鞏固著第一印象，使它越發鮮明。

香港在我的印象，最醒目有兩幅圖畫。一是傍晚驅車往中文大學，車在忽上忽下的路面奔馳，忽然間轉到某一個角度，面對一個高樓林立的谷地。就是說，在我們行駛的路的一側，是低下去的地面，矗立著叢叢高樓，高樓之中，正懸了一輪落日，直向下墜去，似有雷霆萬鈞之勢。在此襯托下，高樓便在陡然上升。二是有一晚，與朋友從某處夜宴出來。那是一個酒店集中的區域，抽象簡潔的現代材料建築，將空間規畫成幾何世界，照明是冷調子的，加強了單純的風格。因為晚，人極少，只在一幢大廈前，立有二三人在說話。朋友指點我看，其中一位是香港著名歌星某某。我記不住這名字，但他的形象至今在眼前：瘦高，著黑長衣，漆黑的頭髮齊齊梳往腦後，束一把。有些像古代的劍客，

2005年秋在香港彌敦道街頭。

卻無疑是今人的最時尚。歌星面容極其美好，安靜純淨的笑容，像秀美的女人，可又無疑是男人。他與他身後鋼與玻璃結構的建築和諧極了，像一堂現代劇的布景。似乎，所有的香港景象，最終都逃不脫這兩幅去，統被囊括在其中。

雲南的石林，看多了其實會乏，於是便要由人們來指出它的象形。像這個，像那個，最著名的便是阿詩瑪，要由阿詩瑪的傳說來襯托它的景觀。那一日，很早，我一個人走出賓館，繞到背後的一叢石林裡。晨霧瀰漫，第一眼過去，那一叢石林呈出一個奇異的動態，就是從活動中退回到靜止去的一個動態。似乎是，我的出現驚擾了它們。只這一瞬而過，再不動了。那一刹那，它們是驚鴻一瞥的活潑。

第一次去馬來西亞，是九十年代初期，馬來西亞正在建設中，我們從南貫北的行程，多是在鄉間公路上進行。熱帶的棕櫚椰林芭蕉，肥碩鮮明地從車窗前急掠過去，有一幅亦是留存至今。一棵椰樹底下，立了一個印度婦女，穿了瑰麗的紗麗，一手托腰，一手撐樹幹，腳下停了一隻大包，是在歇腳，還是等車？她的桃紅的紗麗在色彩充盈的油綠深棕之間，兀地跳出來。她的面容倏忽而過，但卻神祕地留下一個俏麗的印象。後來再去馬來西亞，便是在高速公路上往來，離地遠了，離開熱帶印象也遠了。

在新加坡，照理是處處印象，那是我祖輩父輩生活的地方，親人們的遺骨掩埋在這遠離大陸的南洋島嶼上。然而，就止是在有一刻，心靈方才受了震動。是在姑媽與嬸母帶領我去祭祖的時候，請一個馬來老人清除墳上的荒草。這裹了白包頭，穿了半長衫的異族老頭，一蹲到墳頭上，眼淚便湧上來。驟然間，我體驗

到了祖輩在這島上的寂寞與荒涼，生活在陌生的族群中，繁衍下我們這些子孫。這一幕一旦想起，心裡便覺痛楚。那馬來老人蹲著鋤草的背影，始終留在腦海裡。

東京的印象，是集合於俯瞰之下，是一片水泥塊壘的上方，飛翔著烏鴉，這使得城市有一種墓地的景象。那時，我們住在新宿的酒店，是鬧市裡的鬧市。似乎，總是在地下行走，人就像鼴鼠，而城市像一個巨大的蟻巢。一旦走上地面，便是高樓壓頂，再上高樓，低首一看，則是方才說的那一景象，多少有些可怖。

杭州西湖去得多了，印象自然有些繁複交疊，可有一幅，卻突起在一切之上，那就是晨霧中，斷橋的亭台上，翩然起舞的身影。杭州人頗爲享樂，假期內，一家老少來到湖畔草地，鋪開一張床單，放上吃的喝的，然後打牌，放風箏，直到日落時分。早晨，則有跳舞之風，那亭子裡，擁簇著，偏來轉去，跳著國際。只在杭州見過此情此景。

哥本哈根機場，是在歐洲北部的犄角上，不大，短木條的鑲拼地板，地板蠟閃著褐色的幽光，有一股居家的溫馨氣息。這是北歐的第一面，籠罩了後來的旅行。北歐的鄉間的房屋，出於保暖的需要，多是矮、小、擁簇、溫暖，而且，家人多，共度漫長的冬天。

最近的強烈印象，大約莫過於斯德哥爾摩。那是從瑞典南部隆德出發，乘火車往北。我與莫言一路看窗外的樹木解悶。風景多少有些悶人，都是樹林，各種松樹，頂部由於氣候凜冽的裁割，呈出整齊的邊緣。葉子還未長出，裸著枝條，枝條上的短杈子，圖案勻整，對稱，疏密有致，在南部的丘陵地帶，起伏著走

過我們的視野。由於起伏的地形，有一陣子，我們都感到不適，有暈車的跡象。車程又很長，足四個小時。沿途多次停車，很奇怪地，就停在城市的街沿，下車人拖了行李，逕直穿過馬路回自己的家，好像是從公共汽車上下站。每一次進站，都沒有什麼準備和過渡，說到就到。城市，就這麼猝不及防立在了鐵路沿線，沒有任何邊界的。於是，我們便緊張起來，生怕坐過了站。

　　沿途總是同樣的樹林，同樣的丘陵起伏，同樣的停車，變化的只是光線，漸漸變黃，接近了黃昏。在黃昏的光裡面，樹林和天空略改變了寒素的青色，變成了暖色。後來，不知怎麼，車廂裡暗下來，這才發現，火車正從高架鐵橋底下行駛，穿過工業社會象徵式的巨型人字護欄的鐵路橋廊。車窗上忽然顯出一幅圖景，高大的東正教似的圓頂皇宮，頂上立有金色的權杖，在逆光裡，勾出暗金的輪廓，下面則是一汪金水，有黑色的水鳥在飛翔。我對莫言說：不會錯，肯定是這裡，斯德哥爾摩到了。這幅圖景，並不陌生，相反，甚至很熟悉，在明信片，風景畫報，電影電視，曾經見過。可陡然來到眼前，卻是如此金碧輝煌。自此，火車的節奏愈來愈激越，至今的記憶中，一直是伴隨著音樂。音樂聲中，火車從鐵橋上下穿行，其間不時顯現皇宮與湖泊，最後，終於進入隧道，停在了斯德哥爾摩中央車站。

第4輯

窗裡與窗外

窗外與窗裡

　　從窗戶望出去，奧斯陸的街道很精緻。石子街面，嵌拼出均勻流利的圖案，細細地蜿蜒，彎過小小的轉角，偶爾，有一二個人，或者一兩部車駛來。奧斯陸的街道好像是柔軟的絨一樣的質地，會得吸音，人和車悄無聲息地過去了。

　　樓多是四層，坡頂，但高矮不一，牆面也不是一種顏色。從我的角度望過去，對面是紅色的磚牆，帶著些玫瑰紫的紅，圓拱形的門和窗。紅磚牆後面，估計有一個院落，所以就隔開些距離，豎了一面白粉牆。白粉牆的後面，則露出一角水泥顏色的山牆。再收回視線，移過一些，斜對面，是帶些老黃色的磚面牆。合在一起，是明快的節奏。所以，雖然人少，但也不是寂寥。

　　這裡，我說的窗戶，是麗嘉維多利亞酒店的客房，在市中心。國家劇院，奧斯陸大學，步行街，市政廳，還有海邊，都可以徒步走到。

　　有一日早晨，天陰得很重，街道上暗暗的。對面的樓裡，有一格窗亮了燈。因周圍都是暗的，就顯得更亮。這是一間廚房，

但不像是家庭，因為看上去，比較簡單，過於乾淨，並且沒有女人和孩子。裡邊有三個男人活動著，從櫥櫃裡取東西，坐下，打開報紙。其中一個，穿著勞動防護那樣的橘紅色背心。他們是準備出發工作之前，在這裡享用早餐。在這個陰天的早晨，他們顯得格外的早起和勤勞。

下一日，還是陰天，這格窗的燈又亮著，還沒有人來，空著。在它底下的一格窗也亮了，是一間辦公室，有電腦、電傳機、文件櫃，桌上攤著些紙張。沒有人，但是，已經有了工作的氣息。

換一個地方，在奧斯陸的「作家之家」，一座二層的木結構的小院落裡，二樓的會議室。一排窗戶，面街。拐過彎來，一長排窗戶，也是面街。據稱，一百年前，從這排窗外望過去，是海。那時候，會議室是市場，演過戲，地下室曾經是監獄。海已經讓樓房擋住了，也是四層高，公寓樓，窗和門上都有著雕飾。牆面的塗料多是摻著些乳色，所以就吸光，柔和均勻的明亮。下午三四時光景，對面樓房的拐角陽台上，走出一個女人，速度很快地走到陽台最外處，對著手機說話。大約是信號不好，她不停地換著角度，方向。為加強語氣，還做一些手勢。於是，靜寂的午後，就有些緊張的空氣。

會議室的第三面窗，和長排窗相對，也是一長排，卻是對著院落。可看見木陽台的欄杆，在陽光下發亮。有人從陽台上走過，從陽台的那一端下去了。有木板鬆動發出的沓沓聲，聽得出，腳步是活潑的。

在兩長排窗之間，那較短的一排窗戶外，這一日有一個年輕人，援著梯子上來，停在一扇窗前，開始工作。看起來，他像是

要給窗戶玻璃上膩子，是為過多做準備吧？木頭的窗戶總是容易閃縫。他用傢伙鏟著窗玻璃的邊緣，又用布仔細地擦拭乾淨。他耐心地工作著，太陽照著他，是一幅寧靜的圖畫。

在易卜生紀念館，他最後十一年居住的二層公寓，講解員說，晚年，易卜生得了中風，從此行動不便，極少出門，他就坐在起居室臨街的窗前──在他的很多戲劇裡，都有著與此相像的起居室，他坐在這裡，看著窗外。現在，窗戶正對著一片草地，異常的綠，有一個紅衣孩子在邊上走。草地的外緣，靠近易卜生的窗下，是街。較為寬闊的馬路，行走著電車，行人，不是匆忙，卻也是有目的，專注地走著。易卜生看的，是不是也是這些？不外乎這些吧！人，還有生活。他一生都在了解和表現的。這時候，老和病將他與它們隔開了，隔成窗裡和窗外。

卑爾根的景色要陰沉一些，從我住的酒店七樓的窗口望出去，是屋頂，屋頂後面是灰色的山巒。離得很近。房屋，一座座小房子，援著山坡向上漫開，散落著，略有些零亂。伏在窗台往下看，也是石子的街面，叫雨打濕了，顏色變沉了。右邊，街角上有一個不大的電影院，在陰霾中亮著燈。蒙蒙的雨中，有烏鴉叫，後來雨聲大了，蓋住了烏鴉的叫聲。

但在卑爾根的陰霾裡，卻有一股活躍的氣氛。驟去驟來的風雨，顏色和樣式有些雜的房屋，商店的鋪面擠挨著，人也多了。在魚飯館那老木板房子裡，倒真看得見海了。海邊的魚市場，不單賣魚，還賣皮毛。販子們穿著雨靴，高大粗壯，大約是古代海盜的後裔。

卑爾根藝術博物館裡，有一幅小畫，一個紳士，上世紀的裝

束，緊腿褲，高禮帽，在街角一爿小店前，彎著腰看櫥窗。櫥窗裡擺了些什物，形狀虛掉了，但看得出是脂粉氣的，婦人家的格調。大約是下午，四五時許，因為光線已經斜了。收扁了的光裡，是閒適的，有些悶的，午後的空氣。這樣的街角，奧斯陸和卑爾根有許多，連空氣也沒大變似的，不免是有些寂寞，卻還是有人氣，布著日常生活的手跡：瑣細、溫煦，還有些庸俗。這大約也是易卜生從窗戶往外看見的。

汽車駛過挪威的鄉間，路邊，坡上，都是那種童話裡，白雪公主和七個小矮人住的小木房子。不高的頂，因為冬天很漫長，需要保暖。小的，扁狹的窗戶，垂著白色扣紗窗簾，一邊一幅挽起，挽成舞台帷幕的華麗的弧度。底下，窗台上，放著一排小花盆，在室內的溫暖裡開著鮮豔的花朵。是一種樸素的小趣味。路邊田野裡，種的大約是草籽，常常看見有白色的布包，整齊地排列著。問是什麼，答是收割的牧草，一種新型的包裝方式，可以保鮮一個冬季。想來，播種，收割，再又打成草包的，就是住在小木房子裡的主人。現在，田野裡的工作已基本料理完，準備過冬了。挪威的冬天，開始得很早。

我們來到西格里德・溫塞特夫人的故居，她是一九二八年諾貝爾文學獎獲得人。對婦女的生活，她持有著居家的守舊的態度，覺得婦女的幸福是忠實地履行家庭的義務。走上山坡，穿過樹叢和草地，再踩幾級石條台階，就進了她的家，一座木頭房子，比通常的略微大上那麼一點。房子裡空著，剛剛遷走裡面的居民，將其中一間儲存著的，溫塞特家的東西，暫時搬到另一個地方，正著手布置一個紀念館。空房子散發著鋸屑的樹脂的苦澀

味，腳下盤纏著一些電線，陡地，響起了電鑽的銳聲。房子是低矮的，窗戶又不大，再加上甚密的灌木叢和天陰，所以比較暗，而且陰冷。爐灶背後的小間裡，在木地板上，放了一具澡盆。在那樣寒冷的冬天裡，洗澡顯然是一件難事。像溫塞特夫人這樣守職的主婦，一定很重視這樁事。

我向故居的管理員婦人，打聽廁所。她說現在還沒有，因為裝修工作還未完成，但她又決定帶我上她家的廁所去。我們轉出樹叢，下了溫塞特家的小坡，走上公路。沿公路走大約二百米，路的那側，一座小木房子，就是她家了。那是要比溫塞特家新和鮮亮的木房子，漆成原木的顏色。她從口袋裡摸出鑰匙開了門，門內是一個狹長的門廳，板壁上掛著衣服，衣服底下是鞋。看起來，她家的人口挺多。再推開一扇門，就是客廳了，右手是一間小小的廁所。用過出來，匆匆地打量了客廳一瞥。一眼望過去，只覺得東西很滿，多是原木的顏色。門的左手，依牆放一架鋼琴，也是本木的淺黃，尺寸比較小，大約是八十鍵，高度為一米二的那種。琴蓋打開著，樂譜也打開著，小孩子彈到一半，上學去了。推門出來，那位管理員婦人正抓緊這點時間，動作很快地整理門廳裡的衣服和鞋子，將它們歸置整齊。這位溫塞特的鄰居，也是一位勤勉的主婦，操持著一大家子。

另一名諾貝爾文學獎獲得人，比昂遜的家，早已經收拾停當。也是在鄉間，綠樹叢中的木頭房子，卻要大得多。而且，一反常規，開著大窗戶，就很亮堂。但也給供暖帶來了問題。所以，巨大的鍋爐，在樓上樓下都占去了空間。臥室門口，爐灶邊上，有個凹處，拉上布簾，掩了一具洗澡盆，很小，好像是嬰

兒用的，可事實上，卻是成人的。那時候，洗澡眞是一件奢侈的事情了。比昂遜的家，是滿滿當當的，什麼東西都是量多。客廳裡，是各色沙發，沙發椅，包布是花樣繁複的織錦。沙發腳下是整張，整張的羊羔皮，羊羔皮底下是小的和大的地毯。琴室裡鋼琴，琴凳，小桌，燭台，鋪著，蓋著，披掛著，白色扣紗的織物，也是重重疊疊。牆上是祖先與家人的照片，二寸、三寸，裝著螺絲紋，捲葉紋邊飾的鏡框，擠埃著，密匝匝的一片。使人感到，比昂遜是個龐大的，源遠流長的家庭。餐室裡，沿了天花板頂角線，釘了一周細木欄，欄裡排著各色杯碟。還有各種木架，放置碗盞，鍋盆，燭台。牆角是一口堅固的鐵皮箱子，上了鎖，裡邊裝過節吃的糕點。這是瑞典統治時期，物質相當匱乏，比昂遜的家便顯得過奢了。但卻不是奢華，而是一種倉積囤滿的富足和心定。有些窮怕了的貪心，一勁地多攢點，多攢點，以防不測。聽講解解說，比昂遜的家具多是從巴黎跳蚤市場買了帶回來的，餐室裡有一些是人們贈送的禮物，多是實用的東西，手縫的桌布，燭台。總之，東西多雖多，倒都是日常用的。所以呢，在這些滿坑滿谷的什物上，看到了過日子的耐心、勤懇，與遠見。想想看，守著這一大屋子的吃喝用度，冬天即便再漫長，又怕什麼？

　　大約眞是過多的緣故，這裡的房間，都喜歡滿，這給人溫飽有餘的心情。在鄉間一爿小旅館午飯，已過了旅遊的旺季，客房都空著，只我們這群用餐的客人。老板也不在，只有這家的二兒子，一個二十來歲的高個兒青年，爲我們張羅午飯茶水。忙完，就到餐室隔壁的客廳彈鋼琴。客廳裡也是東西多，沙發、扶手椅，椅背上披掛的扣紗織物，椅腳下鋪的小羊羔皮，羊羔皮下的

大小地毯，牆上的風景畫片，架上的燭台，還有鮮花。都是小盆小盆的，立燈柱台上，周圍五個；窗台上，一列三個，一列三個；茶几上，幾個；鏡台前幾個；圓桌上，是一大個，百球千球，盛麗地垂下來，鋼琴上，是家人的照片，我們認出了這個青年小時的樣子。他家共有四個孩子，於是便聯想起二樓走廊盡頭，有一只竹木搖籃，裡面腳對腳睡了四個大娃娃，身上蓋了一床花被子。連人口也是多的。在寒冷的蝸居的日子裡，家人其實特別重要。

還有，格里格的家，不是常住的，所以，並沒有考究地裝修，將生活全部挪過來，卻也顯出繁複的風格。多多的燭台、鮮花、地毯、織物，羊羔皮、家人照片。都是小東西，但因為量實在大，反不顯得瑣碎，只是滿。沙發靠背和扶手的彎曲度，鏡框的雕飾，地毯的花色，燭台的銀或銅的光亮，窗簾的扣紗網眼，千針萬線地拼出一種羅可可風的華麗。但在裝飾的效果底下，還是，質樸的生活的需求。

去過哈姆生的老家，就知道這種滿的後面，是什麼樣貧瘠的歷史。

哈姆生出生於一八五九年，因他在二戰中與納粹合作，戰後被政府監控，沒收財產。到底還是顧念他的文學成就，曾經獲得諾貝爾文學獎金，於是將他出生時的房子保留下來，再立一條石塊，寫下他的生卒年月，以示不忘。這間一八五九年的木房，就像一座馬房。木頭是好的，結實的原木，日曬雨淋，已變了顏色，變成深褐的銅色。從狹小的窗戶望進去，黑洞洞的，依稀可見一張木床，還有些沒有名目的破爛。木屋立在一面緩坡上，後面是茂密的樹林。這就是上一世紀中期，挪威農人的家，只有木

在挪威的雕塑公園。

柴是盡夠燒的。漫山遍坡的樹木，高高聳立著，樹冠連起來，遮陰了天。

看過哈姆生的《拓荒記》嗎？那個拓荒者，艾薩克，越過沼地、森林，終於走到一片平緩的山坡，臨了小河，茂盛的煙草下面是黑肥的土壤，於是居住下來。他到森林裡採來自樺樹皮，壓平，曬乾，捆起，走好多路到有人的地方，換來麵粉、豬肉、飯鍋、鐵鍬，然後是山羊。接著蓋起了房子，在房子裡開了窗戶，安上玻璃。再接著，母羊下崽了，都是雙胎，三隻羊變成了七隻羊。後來，女人慕名而來，帶來了兩隻母羊，小鏡子，一串漂亮的玻璃珠子，一個手搖紡車，一個精梳機，一頭母牛……

然後，東西就變得滿坑滿谷。

那日下午，在卑爾根，淋得精濕，躲進港口酒吧，喝熱茶和啤酒。鄰桌圍坐了一群老人，有男有女，忽然同聲唱起歌來，節奏很強勁的。大約是回想起年輕的時候，幹著力氣活，唱著歌的快樂往事。

也是在卑爾根藝術博物館，講解員是個高大，壯實，有著孩子般飽滿紅潤臉頰的青年。他指給我們看一幅畫，一個母親在孩子搖籃邊睡著了；他說：你們看，這個女人多麼幸福，手裡做著活計人睡了，身邊還有個嬰兒。這個不怎麼著名的博物館裡，除去幾幅蒙克的作品，大多不是名畫，但它們懇切，認真地描繪著生活，看來十分可親。

在奧斯陸的雕刻公園，英國風格的平坦綠地上，立著，坐著，跑著，跳著無數青銅男女。他們全是勞動者的身軀，壯碩、敦實，多少有些粗拙。看起來，他們像是來自同一個家庭，祖

輩、父輩、子輩、孫輩，老少同堂。漫長的冬季終於過去了，木頭房子突然間從他們頭頂飛走了，於是，裸露出隱密的室內情景，那是平凡和安寧的天倫之樂。

市民

　　從九月裡涼爽的挪威到都柏林，一出機場，溫濕的空氣撲面
而來。門廳的潮地上，站著一片人，面色嚴肅地等候他們要接的
人。他們身量均比較高大，骨骼粗礦，穿著素樸，多是暗色。對
比明淨的北歐風景，這裡，多少是沉鬱的。

　　天陰，又不是真正的陰霾。不時，現出一片模糊的陽光，投
下一些澹淡的影。然後，又隱去了。沿途的房屋多是小、矮、陳
舊，而且，格調平庸。街上走的，高大，粗礦的人，表情多是嚴
肅的，專注地走著自己的路。有一對老夫婦，走路累了，歇在街
邊。妻子坐在房屋前的石欄上，身後站著丈夫。他們穿著老派的
套裝，畢恭畢正地一站一立，表情亦是嚴肅的，好像在老照相館
裡拍結婚紀念照片。這情景有些沉悶，沉悶裡包含著漫長的相濡
以沫的歲月。這就是詹姆斯‧喬依斯的同鄉，都柏林人。

　　我是在去往都柏林的路上，開始閱讀喬依斯的《都柏林
人》。下飛機前，正好看完最後一篇〈死者〉。一對做疲了的夫
妻，從老友相聚的晚會回來，忽訴出了衷腸。妻子坦陳她年輕時

節的一個早逝的戀人，使丈夫感到暮年的枯乏和畏懼。他想：「頂好是正當某種熱情的全盛時刻勇敢地走到那個世界去，而不要隨著年華凋殘，淒涼地枯萎消亡。」年輕時節總是抑鬱的，懷著激烈的否定情緒，非此即彼。可是，或許是不知覺地流露，抑或只是我的緣故，已經度過悸動不安的青年時期，漸漸平靜下來，從中卻讀到了令人感動的暖意。那就是，在冗長的平庸的夫妻生活裡，偶然間，爆發出的激情。

從高塔上俯瞰城市，感覺到這城市的憂傷。天空灰暗而且濕重，壓得很低。底下的房屋多是單調乏味的公寓房，火柴盒子式的。檐頂、窗框、樓腳，略有些歐洲古典式的雕飾，也是簡單與粗糙的。一眼望去，是早期工業社會的氣息，集聚著大量無產的平民勞動者。偶有幾幢高出的略為華麗的石頭建築，就是天主教堂。樣式單一的窗格格裡面，住著都柏林的市民們。早晨的街頭，他們匆匆地趕著路，在街邊皆是的咖啡店的自動售貨機裡接一杯熱飲，再買一份當天的日報，接著趕他們的路。穿著校服的男校與女校的學生，背了書包，往各自的學校走去。這架城市的機器，運作起來了。

愛爾蘭文學博物館，建立在都柏林著名的黑啤酒商約翰‧詹姆森捐贈的房屋裡，這座俗麗的二層小樓，在一八九一年到一八九五年間完成，附會著文藝復興的情調。天花板頂角線，裝飾了蔓蘿草葉的浮雕，二樓正廳的三扇門，每一扇上分四格，依次繪著代表十二個月份的女神，有些像金粉工筆的中國畫，精緻豔麗的筆觸。樓梯拐角處的長窗上，用彩色玻璃嵌拼著四個女神，分別代表著音樂、文學、藝術、科學。這個啤酒商人顯然是

竭盡想像與奢華，造出這樣一座宮殿。後來，我們到愛爾蘭外交部參加文化司舉辦的招待會，主人特地引我們參觀了房子裡一間豪華的大廳。這也是那名黑啤酒商約翰‧詹姆森的房產。看起來，他似乎聚攬了都柏林的大量財富，大約算得上都柏林頂級的資產者了。以此也可見得，都柏林並沒有龐大的資產階級。難免的，它的精神格調便流於平民化。

從喬依斯紀念館的後院，好像看見了這城市逼仄的內心。後院陷在公寓樓中間，與鄰居家隔窗相望，之間是裂縫般的狹窄巷道。紀念館由喬依斯的外甥管理著，但這並不是喬依斯的故居。在他生活的最後十七年裡，一共換過十四處住房，卻都是在這周圍。對於一個因為操守的問題被家庭逐出，後來又成了大名的成員，這位親屬很謹慎地說道：「我母親經常與我和我的姐妹們說，我們不要拒絕喬依斯，但也不要宣揚與他的關係。」這話裡有著小市民的精明與自尊心，目下作為他的家人，這是恰如其分的態度。喬依斯的外甥，也已是個老人了，發胖的體態，臉膛紅紅的，穿著保守的西裝，帶著溫和的謙恭的微笑。完全不像照片上的喬依斯——那樣的尖銳，緊張，衝動，那都是由於激烈的內心生活造成的。

在步行街上，卻籠罩著全球性的消費氣氛，這多少沖淡了些都柏林的陰沉氣質。大多是年輕人，穿著、作派、神情，已融入國際化的流行趨向。還有，觀光客的異域面孔，也使氣象變得開放和活躍了。各種名牌的專賣店，列在街兩邊，搖滾樂隊在街頭唱歌。大商場的布局也是國際化的，底樓化妝品的國際香型的氣味瀰漫到了街上。在二樓女裝部的衣架間，看見一架輪椅，毛毯

下蜷著畸形的萎縮的身體，顯得巨大的頭顱，受了彎曲的身體的壓迫，不得不將臉壓在毛毯上。陪她的是一名老年男子，從衣架上挑選了衣服，遞到她的眼前徵求意見。當我轉了一個身，竟又看見一架輪椅，也是蓋著毛毯，毛毯下蜷著身子，顯得頭顱特別巨大。只是陪護換作了一名年輕女人。我先以為是福利機構結伴出行，可翻譯張紅告訴我，並不是。愛爾蘭的殘疾人比例很高，一是因為酗酒，二是因為天主教規禁止墮胎。這一幕是有些慘然了，都柏林——喬依斯說的，「這城市乃是麻痺的中心」，這就是「麻痺」結出的惡果？然而，作為「麻痺」的補償，那陪伴他們的親人，卻又顯示著另外一種精神：忠於自己的使命。這是生活能夠堅韌地進行的，潛藏的力量。

由於是至親的人和事，喬依斯才會是苛刻的，又是在那樣反叛的時期。令人心痛的，卻是這樣一些無辜的人，老老實實地度著日月，從宗教裡找尋簡單的信念，防止生出不切實的奢望。你可以說他們沒有理想，可他們另有些美德：守職、忍耐、誠實。因此，喬依斯其實也是刀嘴豆腐心，儘管發著「這城市是麻痺的中心」的判辭，筆下卻流露著溫情。像《土》裡面，那個洗衣房的廚娘，在萬聖節前夕，忙完一日，得了應許，去她老東家的孩子那裡串門。這一趟不怎麼順利，鄭重買來的禮品，被車上一個獻殷勤的老紳士偷走了，玩遊戲時，又摸到了不吉祥的象徵死亡的黏土。可是這一個晚上，依然很快樂，大家對她很親切，總是照顧她，因此，她滿懷感激地唱起了歌。不過，也許只是沒到時候呢，到了時候，這位馴順的老婦人，說不定會有驚人之舉。

我們在馬什圖書館參觀，管理員是一位老婦人，她驕傲地

說，這位三百年前的馬什大主教是個規矩嚴格的主教，他的圖書館不允許女性進入，而她是第一個女性管理員，已經在這裡供職二十五年了。她告訴我們，《格里佛遊記》的作者斯威夫特，對馬什大主教有過許多不敬之辭，還有後來的詹姆斯‧喬依斯，也對這位已故大主教極盡諷刺。可是，她說，這很不公平，斯威夫特在這裡閱讀了大量的遊記小說，喬依斯呢，也常來這裡看書。在結實的，卻也已經壓彎了的橡木書架盡頭，拐過去，有一排閱讀室，就像監獄裡關犯人的號子。過去，為了防止偷書，讀書人就被反鎖在裡面，走出圖書館，是一個花木蔥蘢的小院，四面是住宅樓，其中有一幢，是馬什大主教的住宅，現在是這一街區的警署。這後院的情景是居家的安穩與溫情，與森嚴的圖書館形成對比。婦人又領我們從原路回去，給我們看一些古老的地圖什麼的。忽然，她快步走到一排靠牆的書架前，準確地從中抽出一本書，打開，一道深深的裂痕橫貫了兩面書頁——這是愛爾蘭獨立戰爭時候，一名英國士兵走進圖書館，用衝鋒槍掃射的結果。老婦人的臉色變得嚴峻，她的眼睛從我們臉上一一掃過，好像期待我們作出強烈的反應。然後，她闔上書，插回書架，帶我們從古老的高聳的書架底下走了出去。

　　有一些因素，是潛在很深的底部，在靜止的表面下積累和變化。《都柏林人》裡，那一篇〈紀念日，在委員會辦公室〉，競選代理人，拉選票的，雜役、神父，聚在火爐邊，扯著閒篇。黨派之爭，陰謀、腐敗、革命、前途，成了家長裡短的碎嘴兒。然後，酒也來助興了，就是那種都柏林特產，黑啤酒。在暖和的微醺之中，一切尖銳的事物都含混起來了。可是，在此「麻痺」之

下，他們竟還保持了基本的良知，那就是對愛爾蘭「無冕之王」帕奈爾的敬仰。他領導了愛爾蘭民族獨立運動，卻由於私生活的污點，被英國和天主教會抓住不放，攻擊下台，最後，身心交瘁而去世。他們一同聆聽了一篇悼念帕奈爾的詩歌，在這個昏庸的陰雨夜晚，此時並發出了一線清醒的亮光。文中的這首詩歌，是喬依斯九歲那年，聽到帕奈爾死訊時寫作的。在這裡，他慷慨地將它送給了他所厭憎的都柏林市儈。

在都柏林街頭，看見了一張集會的海報，紀念「戰鬥者」「思想者」「革命領袖」，托洛斯基。這張海報是一塊簡陋的硬紙板做成，釘在電線桿子上，也像早期工業社會，非法集會招貼。而今天，都柏林已不再是喬依斯時代那麼貧窮了，它以世界第二位的軟件生產出口，贏來了大量的稅收。政治生活就像一條涓涓細流，貫穿至今，提出著對社會的另外一種設想。

回來以後，我在《外國文學評論》雜誌上看見一篇寫喬依斯的文章，其中提到，喬依斯對自己的檢討，他說：「有時想到愛爾蘭，發現我過去似乎苛刻了。（至少在《都柏林人》中），我沒有反映出這個城市具有的魅力，自從離開愛爾蘭後，除了巴黎，我在其他任何城市都沒感受到在都柏林時的那種自在。我沒能反映出它的純樸的狹隘和熱情。後一種『美德』，我至今沒在歐洲其他地方發現過。我從沒公正地對待過它的美，在我的心目中，它比我在英國，瑞士，法國，澳大利亞，或意大利所看到的，都更具有自然的美。」

走出了成長初期的黑暗隧道，心裡漸漸豁朗，景物從陰影中走出來，呈現了多面的性質。認識便有了包容力，變得溫和了。

然而，在認識尚未成熟的早期，感性是矛盾的，它有時候，並不完全像自己指望的那樣順從。在喬依斯描繪的都柏林的戚容底下，其實藏著活潑的生機。書中第二篇，〈偶遇〉，兩個孩子逃學去郊遊。他們從運河大橋出發，沿著碼頭路走去。陽光從林蔭道蔽天的樹葉間射下來，花崗石大橋變得暖洋洋，一匹馴良的馬兒拉著一車上班的人，硫酸廠前的貧民窟，孩子們好鬥地吶喊著，碼頭是繁忙的，「遠處駁船上冒出一縷縷白濛濛的煙霧，還有林生村那邊密密麻麻的棕色漁船，對岸碼頭上的白色的大貨輪正在卸貨。」後來他們走累了，只得歇下來，停留在一面河邊斜坡上，於是，遇到了那個古怪老頭子。他似乎積累著一生的暗淡經驗，因而變得叫人害怕。

在愛爾蘭民族歌舞中心，看了一部短片，介紹鄉村音樂。家人，還有鄉人，聚在屋裡，彈琴，歌唱。有幾對老邁的男女，穩重地跳著舞，舞步多少有些蹣跚，但自有內在的韻律，臉上是沉在青春回憶中的陶醉與惆悵的表情。又有一個鏡頭，爐灶前，坐了一個農婦，隔遠一些，房屋另一邊，男人奏著一件什麼樂器。女人閉眼聽著，身後的爐灶冒著輕煙，大約在煮著他們的午飯。然後，那女人唱了起來。面無表情，聲音從胸腔底部發出，歌聲漸漸激昂。再是一個草料棚，一個老農從草場走進來，穿了工裝褲，依著柴門，合著他朋友的琴聲，唱起來。

他們都是那樣高大魁偉的體魄，骨骼突出，身體和面部的輪廓，帶著勞動者的不夠勻稱的粗礦，表情略有些呆板，呆板裡是安靜的心境。其實，這就是都柏林人的臉，集居和社會分工勞動的工業化生活，在他們臉上罩上了焦慮的陰影，這使得他們變成

了另一類人群。

在我們來到都柏林的當天，下午，陰沉潮悶的天忽然開朗了，陽光無遮無擋地洒下在漫漫的草坪上。人臉上的雲翳驅散了，變得鮮亮。這大約就是〈偶遇〉中，那兩個孩子出發去郊遊那日的天氣。他們的腳勁要再好些，走下河坡，往更遠的田野去。去到鄉村，認識都柏林市民的先人，他們的出遊就將得到一個較爲明朗的結局。

台灣的小眾

　　自從接觸台灣的出版業，學得了一個名詞，就是「小眾文學」的「小眾」。顯然是相對「大眾」而命名。這一個簡單明了的劃分，是從接受的立場生發的。於是，無論多寡，讀者還是走進了寫作的生活。有時候，也會問一問自己：誰讀你的書？

　　從銷售的量看，我大約是歸「小眾」的，我也情願歸「小眾」。絕不是對大眾有什麼蔑視，而是自覺著不夠有大眾對時代的熱烈和激奮。常是居於寂寥的個人的內心，那當然是不能期待於太多人注意的角落。

　　本來，不大有機會去思想：「小眾」是怎麼樣的一個人群。因是生活於「眾」內，時久天長，諳熟得很，似乎已是水乳交融。擠擠挨挨的人中，再不相關，也終是脣齒相依。所以就站不出來，審視自己的受眾。然而那年到台灣，這個問題卻忽地第一次跳出來。

　　大約是因為疏離，一下子走不進去，就只得站開了看。還因為「小眾」這個名稱是台灣興起，台灣便成了「小眾」的策源

地，就有些尋找源頭的意思了。

到台灣，最先撲面而來的是，台北街頭，洶湧而過的摩托車流。摩托車手多是罩著頭盔，有的還戴著阻隔廢氣的口罩。看不清他們的面容，只有他們的身姿，是緊張和激越的，而且彼此相像。有些像科幻片裡的太空人，或者玩具鉛兵。他們坐在不熄火的騰騰躍動的車座上，只等前方路口交通燈一變顏色，嘩地駛去。這真就是大眾的身影，數量的大，以及效率，和時間賽跑的雄心，造成了一個行動的世界。在這世界裡，那個「小眾」的靜思與玄想，還有棲身之地嗎？他們不會變得太過虛無？

台灣街頭的人流，使我想起我所居住的上海。也是這樣，快速地行走，昂頭，不看人，不讓人，逕直走到跟前時，卻眼外有眼似的，靈活地一避身，繞了過去。所以，從來不會相撞。尤其是女性，年輕、貌好、摩登，卻冷著臉。無論穿在如何奇異不便的時裝裡面，都能夠疾速輕盈地周轉身體，特別具有應變的素質。人頭攢動的世界，又多是行動中人，應變的學問是很大的。這樣的不容鬆懈，悠閒的「小眾」自然是要落伍了，可是他們不在其中，又在何處呢？

車往山上走了。離開鬧市，耳根刷地靜下。公路崎嶇地伸延進逼仄的山坎，局促地周轉了車身，拐上盤山公路。雙層的車身明顯地斜過來，壓住重心，眼前開始有霧，時濃時淡。清晰可見一片霧游過來，朦朧了視線，再又飄飄搖搖地游走，真是仙境。車所停靠歇息吃飯之處，均有茶農開的茶店。不忙著買賣，先坐下，聊天，一邊點火煮水。用小量子從茶袋裡舀出新茶，傾進紫砂茶壺，滾水沖入。第一浦不喝，洗茶杯茶盤；第二浦才斟上，

半口多的一盅。即刻，茶香滿口。然後才談交易。雖是一斤半斤的生意，也是寸步不讓，壓下每次五十元都須煞費心計和口舌。看似預顢的山裡人，肚裡都是精明過人。因是親手一棵一棵栽下，一葉一葉採來，再要烘，炒，焙，製，千般萬般地操勞，讓價豈不是造孽？我到底是與農人朝夕共處過，曉得日下田間的苦辛，做田人克己的勤儉。於是，討價還價中就有一股稔熟生出。這是勞動的大眾，憑一雙手吃飯，看人的眼光是直的，取錢交貨的手掌心向天，良心也可向天。沒有一點不該，所以就沒有什麼商量的。他們其實是過著一種哲人的生涯，不是用腦，而是用手足思想。田裡的作物一日一日養大，成熟，變作衣食，思想也有了果實——人，便是為此活著。任何說教都不必要了，這顯然也不當是我所尋找的「小眾」，而當做「小眾」的導師。

　　阿里山的旅店裡，深長、低矮、幽暗，含著些隱私氣息的走廊，大約是日據時期，日人們思鄉的產物，將此山當彼山。小火車和它彎曲蜿蜒的鐵軌，鐵軌旁，山崖下的路徑，路徑上的疏瓣的花，是和式的輕盈、精巧、俊俏、帶些娟閣的風情。凌晨時分，擁在車廂裡上山看日出的人臉，同為睡意籠罩，恍惚，模糊，聽命，亦能分辨出，其間更為扁平的日人的臉型。木然裡藏著幾分警覺，來到異域的旅遊者的審慎，適度的距離與禮貌。車在黎明前的暗裡行駛，曙光一絲一絲進來，人臉的輪廓也漸漸細緻起來，因而變得生動了。這些人的臉重疊在一起，就有了一種歷史的印記。還有語言裡，也有著歷史的印記，將「拖鞋」說成日化音的英語：斯列巴，還有「喔吉桑」，形容可愛的、慈祥的小老頭。歷史在某些方面，改造了人，聲音和物體的形態，這是

一種無意識的集體的記憶。這也是大眾啊！漠然裡面的，敏銳的不自知的記憶力，「小眾」的自覺大約就來自此？他們自省內心，是由大眾的本能集成。大眾的量，實在是一種可觀的能，在某個程度上，發生質的轉變。

還有台南的大天后宮，那密密稠稠的燭火，且是象徵大眾的祈願。都是微小的，貼己的願望，可集在一起，卻是壯麗。這些燭火擠得都能聽見喊喊嚓嚓的聲響了，五色的緞帶也在風中切磋出窸窣聲響，在虛空裡盛滿著熱鬧的人心。那熱鬧的縫隙裡面，虛空穿牆而出，可就是「小眾」？他們的清寂面容，映在燭火的溶溶光影。在那些結實，平俗，甚而難免粗礪的祈祝裡面，是否寄寓著他們乖戾的性情？給這熱鬧裡注進一點警醒。

我猜想，「小眾」大約就是這樣包在大眾裡面的。在台灣僅去過一爿書店，就是誠品書店。它設在昂貴的商廈裡，附有咖啡雅座，這使它不得不染上消費時代的物質主義風氣。然而，屬「小眾」的書籍依然在此間悄然行走，走完有限的印數。在身前身後的物品裡，這一種最不切實際的東西，以更漏一樣的微弱的量，漸漸滲進大眾之中的「小眾」。那麼說，「小眾」分明是佈在大眾裡面了。那摩托車流，玩具鉛兵一樣罩在掩護下的臉上，是什麼樣的神情？他們急驟地掠過，掠過，力不可擋，在那行動的身體裡，有著如何的內心？是一個大祕密。

呂貝克

　　呂貝克（Lübeck）德意志聯邦共和國石勒蘇益格——荷爾斯泰因州港口在該國北部，臨特拉沃河，距波羅的海十四公里。人口約廿二萬（一九八三）。當地最早居民點是施瓦陶和特拉沃河匯流處——斯拉夫公國領地，稱留比克。公元一一四三年荷爾斯泰因伯爵在施瓦圖河上游六公里處建現城。一二六○年被神聖羅馬帝國皇帝闢爲自由城市。一三五八年成爲漢薩同盟總部駐地。一六三○年漢薩同盟解體，呂貝克仍爲波羅的海最重要港口。法國革命和拿破崙戰爭（一七九二——一八一五年）期間貿易完全癱瘓。一八一五年後加入德意志聯邦，經濟開始復興。一八七一年併入日耳曼帝國。一九九○年修建易北河——呂貝克運河，擴大對內地的貿易。一九三七年納粹統治者將其劃入普魯士石勒蘇益格——荷爾斯泰因省。第二次世界大戰中遭英軍空襲，城市受到嚴重破壞。戰後修復了被破壞的舊內城，郊區建起工廠和住宅區，經濟得到發展。作爲西德最大波羅的海港口，擁有兩處內陸港和九處海港以及包括有一百一十六艘遠洋輪的商船隊。與漢堡

通公路，與斯堪的納維亞十一個港口之間通輪渡。

——《簡明不列顛百科全書》

　　幾乎所有的人都問我：「爲什麼要去呂貝克？」而從來不會有一個人問，爲什麼要去柏林，爲什麼要去慕尼黑，爲什麼要去漢堡，甚至爲什麼要去波恩。可是所有的人都問我：「爲什麼要去呂貝克？」於是，在很長一段時間內，我自己也問自己：「爲什麼要去呂貝克？」不錯，那裡有波羅的海，那裡有托馬斯‧曼，然而，波羅的海離呂貝克還有相當的路程，托馬斯‧曼的故居也毀於多年前的一場火災，當年港口的繁榮景象在一百年內已逐漸向漢堡轉移，人們告訴我。我一時被他們弄得很糊塗，可卻固執得要命，就好像一時衝動誇下了海口，再收不回了。而我其實僅僅是有些心煩，想去一個偏僻的地方清靜幾日，偶爾地耳根刮過一個名字「呂貝克」，這頗像一個姑娘的名字，於是便認準了。黃鳳祝先生將我委託給漢堡的梁泳培先生，梁先生聽說呂貝克有一個中國人，據說是個女學生，便四處打電話，想爲我找個伴，可是沒有找到，看來這是一個誤傳，呂貝克並沒有中國人。梁先生只得爲我找了一家旅館，訂了一個房間，然後將我的姓名電話記錄在當地的旅行社，委託他們多加關照。上路前的一刻裡，我才略略地有些發虛，我覺得自己就像要去天涯海角，原因僅僅是一次無謂的任性。

　　路途很不順心，事故很多。先是黃先生送我上車，竟沒有下得車去，只得隨著一起到了科隆。然後因爲換車廂，前一日新買的一把可愛的雨傘，被一個女孩順手牽羊地拿走了。火車到了漢

堡，本應在總站下，卻坐過了一站，到了尾站。再找出租車去梁先生的天地書店，天卻下起了毛毛雨。在一家揚州餐館吃了午飯後，梁先生便開車帶我去了呂貝克。路上，他神色鄭重地交了一張通訊地址給我，上面用電腦打著他書店的電話，他家的電話，還有那呂貝克旅行社先生的姓名電話，我的旅館的地址電話，囑我要好好地將這「密電碼」收在身邊，萬一遇到問題，比如錢被偷走了，或是迷路了，便打這些電話求援。汽車在有些荒涼的公路上行駛，那公路不知為什麼有些荒涼。天陰沉沉的，連接著廣闊的田野。公路上跑著大型的運貨卡車，車輪無聲地飛轉，幾乎離開了路面。雨點沙沙地打在車窗上，蒼茫的天地之間，有一些灰色的房屋。梁先生又一遍地叮囑我收好「密電碼」，出了問題就打電話。汽車已經駛上了呂貝克的石塊拼砌的街道，兩邊的房屋像是陳舊了，顏色黯淡，式樣是那種樸素到了簡陋的四四方方，窗框、門楣、屋檐幾乎沒有什麼雕刻的裝飾，窗台上也沒有花壇。汽車走過一架簡陋的小橋，駛進了城裡，街道是窄窄長長的，石塊鑲嵌的，不那麼規則，彎彎曲曲，路邊的房屋閉著門窗，表情十分肅穆。街上幾乎沒有人，汽車在小街裡來回繞著，尋找我的旅館。旅館所在的那一條石塊嵌拼的小街已經找到，卻找不到「五十七」號門牌。這一條街是十分的僻靜，有幾個小小的店鋪，店鋪關著門，留出極小的櫥窗，櫥窗裡擠擠的雜貨蒙著年代久遠的灰塵。一截高高的磚牆聯著半座殘破的堡壘，像一座戰爭的遺跡，又像是電影裡的布景。汽車第十次地從一座古堡一樣的意大利餐館前邊走過，這一座餐館就好像是一座已經上百年沒有人居住的古堡，古堡裡坐著一位一百歲的失戀的新娘，窗戶

的碎玻璃，回想起來，總覺著還飄了一角蜘蛛網，裸著的紅磚牆前是一彎綠色的鐵柵，護著一欄木梯，樓梯頂上寫有「Pizza」的字樣。我們依然沒有找到「五十七」號。梁先生將車停在路邊，然後我們下了車步行著去尋找。這條街上竟沒有一個人，所有的房屋都陰沉地關閉著。我們來來回回地走著，天色已經沉暮。我們走在窄窄的、只容一個人行走的水泥的街沿，沿了那堵高高的磚牆，走過一個荒蕪的游泳池，池水寂寞地碧藍著，我們走過一座森嚴的酒吧，只有門上的招牌標明了這是一個酒吧，其餘的一切都像是一座鬧鬼的公寓。在那酒吧的招牌旁邊隔了不遠還有一個招牌，畫了一張笑容可掬的紳士的胖臉。臉旁正是我那旅館的名字 —— 顯然是一個人名，老闆的姓氏，那胖臉許就是老闆了。招牌底下的牆上果然釘有一塊銅牌，錚錚地寫道「五十七」號。這是一座普通的公寓大樓，擠在差不多同樣的房屋裡面。我們遲疑著，開始按鈴，按了許久，沒有一個人出來開門，幾乎要懷疑這是一家冒牌的旅館。這時候，身後忽然出現了一個女人，手裡提了一個二十英寸大小的舊電視機，問我們找誰。我們便說明了來意，她看了看我說：「哦，就是那位作家嗎？」然後就掏出鑰匙開了門，領我們進了房子。門在身後無聲地關上了，左邊是一彎通地下室的樓梯，右邊是一排信箱，上了兩級台階，便是併排的兩套公寓。她開了左邊的對了樓梯的那一套公寓，讓我們進去。首先是一條大狗跑出來迎接了我們，然後是一隻陰險的黑貓。這是一個最最普通不過的家庭，窄窄的過道裡放了一隻櫃子，櫃子上有一架電話，堆了一些報刊雜物。女人從抽屜裡取出登記冊，找著我的預定的那一頁。過道通向客廳，

客廳裡很雜亂，鋪著幾塊顏色鮮豔卻陳舊的地毯。女人說：「我現在就領你去你的房間。」然後，隨手推開左側的一扇房門，說：「這是早餐室。」早餐室是小小的一間，寬木條地板塗著錚亮的地板蠟，放了三張笨重而結實的沒有上漆卻刨光的木頭餐桌。臨街的窗戶裡透進已經沉暮的天光，玻璃窗上有著綽綽的盆花的花影。她帶上門，和氣地微笑著看我。她是淡黃頭髮，藍眼睛，穿一件白色的鬆鬆的襯衫，束在土黃色的裙子裡。她在我前面上樓，我跟著她，上了一樓，一樓也是那麼併排的向著樓梯口的兩套公寓，左邊的門上寫了「一」，右邊則寫了「二」，我的房間是在「三」號公寓裡，於是又上了一樓。她摸出一串沉重的銅鑰匙開了「三」號公寓的門，帶我走過走廊，指點給我走廊裡的我的獨用的衛生間，再向走廊盡頭的單間走去。單間是小小的一間，一張木頭的床，一個木頭的大櫥，一張木頭的小桌，小桌前有一條小小的木椅，還有一桿木頭的衣架。所有的木器家具全刨光著，均勻地流露出木頭的本色與紋理。小床正對了一扇幾乎落了地的大窗，窗外是一個極其美麗的湖泊，湖邊有青蔥的樹林，樹林間有一條彎彎的路徑，路徑的一頭，是一個露天的咖啡座，有著美麗的盛開的鮮花。可是，沒有一個人，就像一個被遺忘的傷感的角落。她將那串沉甸甸的鑰匙交在我手上，問我，喜歡幾點吃早餐，我回答說九點，她便說非常好。我不知道九點吃早餐有什麼特別好的，好在什麼地方。然後她轉身走了，她的腳步很重，上了蠟的木頭地板很結實地吱嘎作響。她出了門，將門關上，我聽見有廁所抽水馬桶的漏水聲，不知是從哪一個廁所傳來。這裡共有三個客房，兩個雙人房，一個單人房，雙人房的洗

197

手間是套在房裡，只有我的單間的洗手間是在走廊上。我傾聽了一會兒流水聲，將我的簡單的行李放在小桌上，一時上我竟不知該做什麼好，於是又將行李從小桌上拾起，塞進了大櫥，這下子便真地再沒什麼可做了。我看看梁先生，梁先生也看看我，這一時的氣氛竟有些淒慘似的。我說：「梁先生，你回漢堡吧，這裡挺好的。」這一位忠厚到極點的先生遲疑了一會兒，問我道：「你沒有什麼事情吧？」這個問題我想是不必回答了，於是，他就像是硬了頭皮不得不打擾我似地說：「我們可以去海邊的。」「那太好了。」我說道。我極力要鼓起自己的興致，想要雀躍一點。跟了他帶上了門，走過走廊時，看見緊挨著我的房門，有一扇門啓開了一道縫，透出燈光，還有潺潺的水聲。我們的腳步在上蠟的地板上吱扭著，樓梯上沒有一個人。我們下了樓梯，又到那底層的公寓裡，向老闆娘索了一份呂貝克的地圖。這時，她家正有一位客人，一家餐館的老闆，他給了我一張名片，說如我有了困難可去找他，於是梁先生又囑我好好地收著那名片。我們與那餐館老闆一起出了門，在街口分了手。

從海邊特拉沃明德回來，在一家餐館吃了晚飯，天已經擦黑，十點鐘的光景。梁先生將我送到旅館門口，對我說，星期日上午他來接我，去漢堡參加一個聚會，然後就開車走了。當我與他道著再見的時候，心裡竟非常非常想跟了他一起回漢堡。可是我們道了再見，汽車一溜煙地開出小街，將我一個人留在了石塊拼砌的街面上。我站在高大沉重的門前，頭頂上是一面招牌，招牌上有一個獰笑著的胖臉，下巴上結了一只輕佻的領結。這是真正的黃昏，雨卻早已停了，街上籠罩著黃昏的寧靜的光明，沒有

一個人從這裡走過。我從大衣口袋裡摸出那串沉甸甸的鑰匙，找到開大門的一把，插進了鎖孔。鎖是那種我們稱之為司伯靈鎖的暗鎖，只須撳動一下便可推門，門卻是異常異常的沉重，須全力地推動。門被門廳裡的地毯阻著，慢慢地開了。底層的兩套公寓緊閉了門，沒有燈亮，我一眼就看見了那彎通往地下室的樓梯，寂靜無聲地伸下黑暗的洞口。我三步併兩跑上了樓梯，樓梯上沒有一個人，門都緊閉著，我跑過樓梯小小的轉角，轉角的臨街的窗台上有一盆小小的花。上蠟的樓板沉悶的吱扭叫著，發出空寂的回聲。我如逃竄一樣上了我的那一層樓面，停在了「三」號公寓門前。我微微喘息著去開門，天曉得是出了什麼事，我那扇公寓的門竟打不開了。我不由地出了一身冷汗，身後的寂靜如一個有形的活物在朝我逼進，我總是要不時地回頭望望背後，再轉回頭去用力開門。門自巋然不動。樓道裡愈來愈暗。我慌亂地去按走廊的燈，按下去了才知道是按在了隔壁公寓的門鈴上，要收回已經來不及，那門陡地開了，一個憔悴枯瘦的老頭站在了我面前，他兇惡地看了我一眼，我趕緊地道歉，門關上了。這時候，走廊裡剛開的燈卻又神祕地滅了，我只得又一次地按亮了它。我從門上的一方玻璃上看見門裡的過道上有一線燈光，正是從那個沒關嚴的客房的門縫裡照出。這時的心情非常地奇怪，我希望那客房裡有人在，卻又害怕那客房裡有人在，這時候，燈又滅了。門依然是打不開，我絕望地推著門，那門結實得子彈也打不透。要命的是，這時候的想像力是異常地活躍，我竟莫名其妙地想起了樓下的地下室，想起了這旅館的招牌上那面目猙獰的老闆，我拼命抑制自己，卻又抑制不了。我想起我們初到德國，在波恩第

一晚的那個旅館的頂樓，頂樓上有一扇門永遠掛了「請勿打擾」的牌子，公用的衛生間每每有活動的跡象，樓梯也曾響起陌生的腳步聲，可卻永遠沒有看見過一個人；我又想起了「磨房」的山間，那些奇異的肉感的植物，爬滿了扭扭曲曲的雨水的天窗，那條長長的靜悄的走廊，走廊的盡頭，肥胖的老闆娘無端地做了一個鬼臉，那一個鬼臉在夥伴的描述中，一次比一次險惡。我不知是第幾百次地去按那定時的電燈，那電燈不知是第幾百次地明了又滅了。我沒了主意，於是便下樓去按那老闆的公寓的電鈴，沒有回應，我一次一次地按著電鈴，聽見那鈴聲在門裡空蕩蕩的屋子裡穿行，這時我又看見了身後的地下室的神祕的進口，那神祕的進口如一個安寧的活物，從我身後潛伏著過來。我來不及按完最後一個電鈴，便蹬蹬地逃上了樓。我去按那一樓的公寓的電鈴，沒有回音，我又去按那三樓的電鈴，也沒有回應，而我再不敢上四樓，我以為那上面一定有一個神祕的頂樓，於是我又返身下到我的二樓。這時我想起了我的鄰居，那個乾枯的老頭，我萬般無奈之中，只得又去按他的門鈴。門開了，那乾枯的老頭站在了我的面前，他厭煩地惱怒地低著眼睛，看都不看我一眼，他聽都不聽我的請求，便憤憤地嘟噥了一句德語，將門關上了。關上了的門後竟沒有一點聲息，這一瞬間，我忽然覺得，那老頭的出現分明是一個幻覺，其實這一幢公寓樓裡，沒有什麼老頭，只有我一個人。我的門緊緊關著，那門裡的過道上斜了一線燈光，我幾乎要大聲地號啕起來，可是沒有用，沒有一點用處，門依然牢牢地鎖著。我奔下樓，推開大門，門外是一條寧靜的石塊路，流動著靜靜的暮色，沒有一個人，甚至連汽車都沒有一輛。我多麼

想回漢堡，想回波恩，想回家。天是那麼的寒冷，站在門口不一會兒便渾身冰涼了。我莫名其妙地以為海邊總是與夏天連在一起，因此穿了一套夏裝，幸而還有一件大衣，可依然是徹骨的冷。黃昏的寧靜的光在石塊路面上水似地流動，我感到了真正的絕望，以前的所有的絕望全成了希望，這才是真正的絕望。這時候，街對面走過兩個年輕的男孩，推了一架自行車，我便大聲地向他們呼救一樣地喊：「Excuse me！」過後回想，那兩個男孩一定以為這公寓裡是發生了搶劫或者是兇殺，他們朝我跑了過來，我向他們舉著鑰匙，結結巴巴地用英語告訴他們，我打不開鎖了，請他們幫助。而我內心又對他們深深地起了恐懼，所有的兇殺與搶劫的故事都在這一剎那湧上心頭。可我除了向他們求援別無他路。他們兩人商量了一下，一個留在門口，一個隨我上樓。在後來的日子裡，我常常想起他們，這兩個男孩是多麼的淳樸和可愛，而我這時卻怕得要命。我抖索著跟了他上樓，停在我的三號公寓門前。他拿過我的鑰匙，疑惑地端詳了一下，然後便去開鎖，幾乎是半秒鐘的事情，我還沒來得及注意他的動作，門已經開了。他推開門，望著我，臉上的表情十分疑惑，他大約以為我是在和他開一個玩笑。我再三地向他道謝，他疑疑惑惑地下了樓去，還不時地回頭看我。我來不及去仔細地研究門鎖，先將門反鎖起來，再打開走廊的燈，走過那扇啟開一道縫的房門，進了我的房間。臨睡之前，我花了許多工夫，來安排我房間的燈光，是開走廊的燈，是開房間的大燈，還是只開床頭燈？哪一種方法更令人感到安全。試了多次，最後決定所有的燈都開著。後來，我才明白，那門鎖其實是和我們家的三保險鎖是同出一轍

的，轉過兩周，便已啓開，但還有一個鐵銷，還須將鑰匙繼續擰半周，銷便開了，然後不要鬆手，將門推進就行了。在這之後，我又有一次打不開鎖，那是我的房門的鎖，結果是老闆娘來幫我解決的。事情非常簡單，只不過是我用開公寓門的鑰匙去開房門的鎖，自然是永遠打不開了。經了那一場折騰，我已筋疲力盡，興致全無，一心盼著星期日快到，梁先生好來接我去漢堡，到了漢堡我就再也不來了。

這是一個可怕的夜晚，我時時聆聽著有沒有人進入這一套公寓。隔壁客房的抽水馬桶徹夜地潺潺地漏水，還不時有一種奇怪的類似冰箱啓動的聲音嗞啦啦地神祕地響起。一整幢房子沒有一點聲息，窗外也沒有一點聲息，只是每一刻鐘，四下裡便響起遠遠近近的教堂的鐘聲。充滿陰沉的預兆。我忽然地想到，這一幢房屋裡其實只有兩個人，一個是我，另一個是隔壁公寓的幻覺般的老頭。這麼一想，隔壁便有了些動靜，永遠有著奇異的腳步聲。我幾乎一夜沒有闔眼，一旦闔眼，不過幾分鐘便會驚起。遠處傳來陣陣鐘聲，我想著波恩安妮給我收拾的溫暖的小房間，想著漢堡我們代表團住過的那家中國人的旅館，想著同大家在一起的快樂的日子，我實在實在不明白了，我為什麼要來呂貝克。我靜靜地流著眼淚，計算著回漢堡的日子，回波恩的日子，還有回家的日子。床頭掛了一幅圖畫，幾個先生在河邊野餐，全是那種漫畫式變了形的臉，鼓起的腮幫，蒜頭一樣的鼻子，瓢似的嘴直咧到耳根，眼睛是直豎起來的眼睛。似乎就是從這一個夜晚開始，我再無法喜歡這種歐洲通行的人物的造型，它使我感到一種有些猥褻的恐怖。整整一夜，沒有人走進這一套公寓，似乎也沒

有人走進這一幢房子，寂靜包圍了我。房間內外電燈大亮著，我看不見天光，不知道什麼時候天亮。我似乎是糊里糊塗地睡了一覺，睜開眼睛已是早晨。房間裡充滿了光明，電燈變得非常的黯淡，我竟以為有誰替我關了燈。我坐起來，拉開窗簾，窗外竟是那樣一大幅明媚的圖畫。清晨透明的陽光照耀著碧綠的湖水，湖面上飄著五彩的浮球，湖邊的草地綠得可人，無名的小鳥唱著快活的新鮮的歌。

那圖畫明媚得令人不忍移目，然而轉瞬之間便黯淡下來，太陽被烏雲遮住。這一切變化得實在太速，就像一個奇異的夢境。我揉了揉酸澀的眼睛，心想著，一天開始了。一天開始的時候我的第一個念頭便是，趕緊地離開這間房間，這套公寓，走出門去，去任何一個地方。抽水馬桶永遠地潺潺地流水，教堂的鐘聲從四面八方響起，噹、噹、噹的，充滿了悲觀的宿命的感覺。窗外剎那間又明媚起來，宛如一張神奇的圖畫，陽光在樹枝上晶瑩地閃亮，小鳥們唱著悅耳的和聲。湖水靜得如一面蔚藍的鏡子，反射著清晨七點鐘的陽光。我慢慢地鼓起勁來，起了床，梳洗一番之後，便出了房間。樓梯上沒有一點足音，我下了樓去，嗅見了底層的老闆的公寓裡有濃郁的咖啡的香味，心裡這才稍稍安定，覺著些微的溫暖。這一脈咖啡騰騰的香味，是從昨晚到今晨我頭一回感覺到的活人的氣息。我滿意地嗅著香味，出了大門。街面的整齊的石塊濕漉漉的，天氣很涼，我站在門前猶豫著向哪一頭走去，最後選擇了向左。我扣緊了大衣，向左沿了街道走去，太陽復又鑽進了雲層，天陰了下來。小街上沒有一個人，沒有一點聲息，只有我的腳步清脆地敲擊了台硌路面。街角是一

個二三個門面的木器商店，櫥窗裡擺著各色各樣木器的家什、玩具、裝飾品，那木頭一律是本色的閃耀著樸素而優雅的光澤，紋理高貴而從容地流淌。我在櫥窗前站了一會兒，又選擇了一下，朝左還是朝右。我本能地有一種感覺，朝右才是城市的中心，便朝了右去。這是一條寬闊的全世界都一樣的柏油馬路，人行道上鋪了整齊的方磚，轉彎處是一個酒吧，門口的太陽傘下，有著一些桌椅。冷風颼颼地吹過空空的桌面，滑到地上，逐著一片枯葉索索地去了。兩邊的店鋪全都關著門，終於看見了一個人在匆匆地走路，穿了一件大紅的滑雪衣，我與他迎面走過，他紅著的眼圈與鼻溝頗像是一個徹夜尋歡作樂的人，忽然想起了回家。可過一個肅靜的城市，我卻不知該去哪裡度過一個尋歡作樂的夜晚。它就好像是有意地對我這一個外國人不信任地緘默著，做著呆板的面目，隱起了真情。我漠漠地走在寒風中的街上，風是颼颼地從每一條街巷裡竄出，匯集在大街的街心，再一起向前進。這裡有無數條細細長長的街巷，每一條街巷裡都隱瞞著什麼，我看見教堂高高的尖頂從街道兩旁的房屋後邊跟隨了我前去。那尖頂是又高而又遠，我不知道哪一條路才可通向它們，也不知它們究竟是在哪一個方向。我好像是在向它們走，可它們卻閃在我的身後；我分明棄下了它們，它們卻又在前邊房屋的後面出現。這一條街道又寬闊又清潔，汽車很少，紅綠燈在路口忠實地工作，我走過了幾條橫街，來到一片開闊的空地，我走下馬路，走在那石塊拼砌的空地上，於是我走到了一座中世紀的城堡跟前，這是一座雄偉的威風凜凜的城堡，我走進巨大的拱門，穿過高大的石頭的迴廊，走到了城堡當中。一群鴿子在城下的石塊地面上安靜地

啄食，忽然間平地飛起，烏壓壓的一片，就像雷雨前的烏雲，一位老人在架著三角架拍攝牆頭威嚴的戰爭的徽記。太陽又出來了，斜斜地照過高高的城牆，將廣場切亮了一半。這是清晨很早很早的時候，風非常的料峭，照相的老人凍紅了臉頰，一絲不苟地對著鏡頭。戰堡的牆上畫著一面面的戰旗與盔甲的圖案，連接著宏偉的市政廳，廣場四周是飲料棚，布滿著紅色或藍色的桌椅，還有盛開的鮮花。那一瞬之間晴朗的天空無比地遙遠，鴿群已飛得無影無蹤。我慢慢地在廣場上走來走去，然後走過迴廊，高大的拱頂如蒼穹一樣將我籠罩著非常渺小而且迷茫，四周響著教堂莊嚴的鐘聲，噹，噹，噹……我不知不覺地走到了街上，順著街漸漸地往回走。往回走的路上，我看見一個街角上有「上海」兩個字的拼音，原來是一個「上海餐館」，那四個中國漢字竟叫我好一陣激動，就像找到了家似的。我透過餐館的玻璃門看見了門庭裡的一個鍍金嵌銀一臉俗氣的笑彌佛，心裡便想，午飯就到這裡來吃，也許能夠遇見中國同胞。我立即在心裡編織了溫暖的「老鄉見老鄉」的故事，從茶色玻璃裡的笑彌佛跟前走了過去。

　　當我走回我的旅館時，底層的公寓門開了一半，我推門進去，那女人便對我道了早安，將我引到過道左側的早餐室，讓我獨自坐在一張小木桌面前，桌上早已放好了我的早餐，一筐麵包，有黑麵包，也有白麵包，一盆黃油，一盆火腿，一罐果醬，一杯果汁，還有咖啡、牛奶、白糖，我的碟子跟前有一只雞蛋，豎在雞蛋杯裡，為了保暖而套了一頂墨綠色的絨線小帽。我對老闆娘說，我想要一杯熱茶，她說好的，便轉身去給我弄茶。我無精打采地打量著這一間餐室，我的座位正在門邊，身後有一排櫃

子，櫃子上排了幾列木頭的小火車，櫃子下堆著雜誌。我正面的臨街的窗戶，掛了厚厚的窗簾，窗下放了兩張較大的餐桌，如鄉村酒店一樣圍了牆是半圈木椅。茶送來了，偌大的一個杯子裡，塞滿了黑乎乎的茶葉，如稠粥一般漲乾了，我漮了小半口，差一點兒吐了出來。天底下再沒有比這更苦澀、更辛辣的茶水了，好像是不用茶葉泡的，而是用板菸泡的。我只得再向她要一杯中國茶，她去了一陣，回來抱歉地說，沒有，於是我便再不好意思麻煩她了。這時候，有人推門而入，是一對老夫婦，全身旅遊者的打扮，都穿著鮮紅的滑雪衣，老先生還打了綁腿，好像要去登山，他們和我互道了早安，然後走到窗下右邊的餐桌前坐下。接著，又有人推門而進，也是一對夫婦，卻年輕得多，那男的蓄了大鬍子，眼色十分溫厚，他們也與我互道了早安，走到了窗下左邊一張餐桌。看來，這便是我的全部的鄰居們了，可是那一位乾枯的壞脾氣的老頭呢？我從此再也沒有看見過他，後來我才注意到他的公寓沒有編上號碼，那麼就是說他並不是和我們一樣的旅客，而是一戶居民，這一戶居民與這旅店老闆又究竟是什麼關係？是房主與房客租賃的關係，還是親屬，一個潦倒的被收留的苟延餘生的兄弟，叔伯？他究竟是什麼人？他又為什麼那樣厭煩？我不知道，而且永遠也不會知道了。我慢慢地打量著我的全部的鄰居們，心裡逐漸地安定。不管怎麼，這幢房子裡總不是我一個人了，這幢房子裡有許多人、一個，兩個，三個，連我一共五個客人。可是，昨天晚上，他們在哪裡呢？我食而不知其味地胡亂塞了幾口麵包，吃了雞蛋，喝了果汁，將那一大杯「板菸茶」原封不動地留在了桌上。我上樓去房間取了地圖，照相機什

麼的，下來經過一樓時，看見那位年輕的蓄鬍子的先生正從一號公寓裡出來，手上拿著傘。他嚴肅又溫和地看了我一眼，我們一前一後下了樓去，天正下著小雨。我順了我早晨走過的那條街向前走，那一對老夫婦正朝馬路對面走去，雪白的頭髮映著鮮紅的滑雪衣，有一種十分天真的情調。後來，我一直非常地後悔，我至少應該問一問他們的國籍，我甚至不知道他們的國籍，便永遠永遠與他們分了手。

我順了早晨的老路又去了城堡，所有的店鋪都關著門，街道上十分的冷清，只比早飯前略略多了幾個人幾輛車。雨點沙沙沙地落了一陣又停了，雲層依然很厚，而且變化多端。我向那中世紀的城堡走去。城堡下的廣場熱鬧了許多，一輛大型旅遊車載來了一批觀光客，觀光客在廣場上走動著。鴿子又飛了回來，烏壓壓地停了一大片。我隨了這個不知名的旅遊團走進了旁邊的聖瑪利教堂，歌特式的尖頂是無比的高，抬頭望去，會覺得魂魄被那尖頂威嚴地攝走了。教堂內幾乎沒有裝飾，樸素而肅穆。高大的廊柱頂上有著地獄和天堂的雕刻，一具具骷髏逼真得幾乎活了起來，天使的面目不知為什麼竟有些獰厲，四壁還有一些聖經故事的石頭浮雕，比如「最後的晚餐」，線條都是十分簡潔而古拙，顯得凝重而又天真。浮雕已不完全，不知是哪一位的聖徒掉了腦袋，大約總是戰爭的遺跡。後廊上用鐵柵欄圍起了一口破碎的大鐘，四周放著祭奠的花圈，後來才知，那是二次大戰英軍第一枚炸彈炮轟呂貝克的傑作，戰後，人們將大鐘的殘骸供在了此處。這大鐘一定是有著更多的光榮的典故，而年輕的孩子們都不知道了。旅遊團不知什麼時候已經撤出了聖瑪利教堂，只留下寥寥幾

1983年在德國。

位「個體觀光者」。我忽然看見了我的鄰居，那一對老夫婦，老先生正仔細地看一具石刻的講壇，圍了那講壇莊嚴地走了好幾個圈。他那麼驕傲地打了綁腿，像是要登世界高峰，不料卻只是參觀教堂。我很想笑一笑，卻一點也笑不出來，心情是十分的鬱悶。

我從教堂出去，外面正刮著寒冷的風，太陽在雲層後面游移。我漫無目的地走著，走過石塊整齊拼砌的廣場，又與另一批旅遊者遭遇，這是一個來自日本的團體，那些東方人的面孔竟叫我感動了一下。我好像離開家鄉已經漂泊了一個世紀，心裡凄涼得要命。我糊里糊塗隨著他們又進入一所高大的森嚴的建築。極大極大的屋頂之下，是一排一排簡陋的小間，好像是一些教徒的清心寡欲的禪室。原來是一座古老的醫院，旅遊手冊上說，是七百年的老醫院，也是德國第一所貧民救濟醫院。那簡陋寒素的病房與空曠寂寥的建築，頗像一所修道院，充滿了宗教的救世的意味。我不知為什麼不敢往縱深處去，那縱深處的廊柱與走道似乎潛伏著幾百年上千年的幽靈。我期待著有人往裡去，卻沒有人去。旅遊者們擁在門口探頭望了一陣便轟然離去。我再不敢一個人留下，便也尾隨著出了門。太陽卻已出來，令人目眩。轉眼間便走完了兩個旅遊點，而時間才僅僅上午九點三刻，我想著那一家上海餐館，就好像有了後盾似地安定了一些。

我打開地圖研究了一會兒，決定去找那呂貝克的象徵，大城門，這原本是保留到下午的節目，而現在只能提前了。我有意無意地走著彎路，好像在消磨著時間。時間過得非常之慢，我又寂寞又無聊，這僅僅半日就如此難熬，回漢堡的日子就更長得無期。我走在漠漠的街道上，街道上不知為什麼竟沒有人，只有電

車有時噹噹地駛過。石頭街面上蜿蜒著電車軌道，使我想起我很小的時候的上海的街道，那上海於我是無比的遙遠，遙遠得就好像已經從地球上悄悄地消失，只在那陌生的街角留下一個上海餐館。所有的店鋪依然關著門，我方才想起，梁先生曾告訴過我，今天是一個節日，名叫德國統一日。節日的起源是一九五三年六月十七日，東柏林工人舉行了一次要求統一的示威遊行，然後西德便兀自將這一日定為了德國統一日。就是這樣，所有的店鋪都不開門。那節日的起源此時此地想起竟是十分的隔膜，那劃分東西的柏林牆竟也是遙遠得渺茫，好像是與此無關的一個故事。我奇怪地覺著，在這個城市裡，連德國都離得非常遙遠。可是，呂貝克確確實實在過節，除了餐館、酒吧，全不開門。

　　我穿進一條小巷，走到一座教堂跟前，這教堂名叫「St. Aegigien」，門口的牌子上寫道，是初建於一二二七年，還寫著開放的時間，是下午三點到四點。教堂對面有一座花園，黑漆的鏤花的鐵柵欄裡有茵茵的草坪，在一整個寂寞的呂貝克的小街旁，顯得分外豔麗。我繞著教堂一周，卻迷了方向，走著走著，不覺走到了我的旅館門前，旅館緊閉著門，招牌上的老闆永恆地微笑。我又重新出發，去尋找大城門。我慢慢地走到了郊外，走到一堵高大的城牆底下，城牆底下有綠茸茸的草地，一隻羊羔似的小狗在啃著草坪。我認出這是昨天從漢堡進來的路，通向漢堡的公路坦蕩蕩的一去數里，昨日的事情回想起來如同隔世。我再轉過頭重新向前走，我走到了河灣，船帆很鮮豔地豎起在忽又晴朗了的藍天下面，河上的涼風使我邁不開步子，我只能折回頭去，看見了旅遊者問訊處，一個旅遊者徒然地敲著門，得不到一

點回答。有一個男人一逕地看我，對我做出殷勤的微笑，我過到馬路的對面，繞過了他。我漫無目的一般地走著去尋找大城門。我漠然地看著路邊形形色色的廣告，有一塊大幅的廣告牌幾乎是橫在了路口，上面畫著一個裝腔作勢的木偶，寫道木偶博物館。我心裡漠然地想道，如實在無處可去了，便去這個木偶博物館看看。這時候，我並不知道，這一個木偶博物館會引出一個幾乎是離奇的故事。這時候我什麼都不知道地走了過去。我十分的喪氣，再沒有一個比我更喪氣的觀光者了。

漸漸地，我覺得我走著的這條馬路似乎有一點異常，這馬路的前方突然開闊起來。我首先看見的是太陽下自己的清晰的影子，然後又看見了許多別人的影子，太陽出來了。太陽下有許多旅遊者朝著前面走去，我知道前邊一定有著什麼重要的東西，然後，我便看見了大城門的雄渾敦實的尖頂。

走向大城門的時候，太陽一直在當空照耀。通向大城門的路徑是鮮花夾道，綠茵鋪地，這不由不令人振作起來。我先在紀念品小店買了一個大城門的浮雕。將浮雕塞進背包的時候，我忽然覺得，我在呂貝克的任務已經完成了，事情已經結束，我該回去了。我決定今晚就給梁先生打電話，告訴他我明天就乘火車回漢堡，如他能開車來接我，那就謝謝了。我穿過馬路，走到城門下，望著那風格質樸又雄壯的古老的城門，心裡異常地平靜，甚至還有一點點快樂。

我身後響起了一個聲音，說道：「這就是大城門。」那普通話的漢語響起得那麼突兀，我竟沒有立即反應過來；而那聲音又說了一遍：「這就是大城門！」我幾乎不能相信自己的耳朵，在

呂貝克，在呂貝克的大城門前，竟有中國人。我回過頭去，看見身後的台階上一溜站了五個中國人，一看便知是從大陸來的。我想都不想就朝他們跑去，驚喜地問道：「你們從哪裡來？」他們奇怪地看看我說：「遼寧。」我們立即搭上了話，他們是一個遼寧的貿易小組，在漢堡洽談一椿生意，趁著過節坐火車來玩一日。我們互相幫著留了影，我忙著告訴他們，這裡有一些什麼地方值得去，往海邊每小時都有公共汽車，我頓時變得十分的饒舌。我非常地想與他們結伴，看來他們也不反對，不幸的是，僅僅三分鐘之後，僅僅是我們同步走到城門下的那一段路程之後，便發生了分歧。城門上有一個博物館，兩馬克一張票，那自然是要看的。他們先也說要看，可是商量了一會兒之後，卻一致地說沒有意思，不看了。而我是一定要看的。於是，我們只得分道揚鑣。他們走他們的，我走我的。我獨自買了票，上了那筆陡的螺旋形的石梯。那是一個關於呂貝克城市歷史的博物館，不曾想到城門上有這麼大的容積，共有五層，每一層的牆上都有當年的槍眼與砲眼，我通過砲眼望著城下的綠草地，那五個遼寧人早已沒了蹤影。參觀者裡卻有一個東方人，一個年輕的英俊的先生，帶了一個德國女人，還有一個混血的男孩，男孩叫他爸爸。他總是向我微笑，而且有意無意地隨了我。我不知道他是個日本人，是個越南人，還是個中國人。不知出於什麼心情，我沒有同他搭話。好像是怕自己失望，如果他是個日本人，或者越南人，那麼就好像要破滅一個幻想似的。我們不止一次地迎面走過，擦肩而去，在一件展品前留連，互讓著走一段狹隘的石梯。他也不知是出於什麼心情，也不同我搭話，或許也是避免失望？我不知道，

總之，我們就好像互相都生怕破滅了幻想似的，始終沒有搭話，只是永遠地微笑。後來，我在另一個場合又遇見了他，我明白他是一個中國人了。可那時候，他是中國人還是日本人，或者是越南人，於我已不是那麼重要了，這且是後話。就這樣，我仔細地看完這一個博物館，已到了中午十一點半，我可以去上海餐館吃午飯了。

我激情滿懷地奔向那個上海餐館，好像是去赴約一般。天又陰沉了，風刮得很緊，我渾身幾乎凍僵，可是我激動地想到，馬上就要到上海餐館了，那裡一定會是非常非常的溫暖。我終於又看見了那茶色玻璃內的披錦掛彩的笑彌佛，做著很灑脫的什麼也不在乎的手勢。我推開了玻璃門，一股暖意撲面而來，融融地包裹了我幾乎凍僵了的身體。餐廳裡很暗，沒有開燈，只有一兩張已坐上客人的桌上點了幾支蠟燭。我就像是一個電影院的遲到者，一時什麼也看不清。我在門口站了一會兒，漸漸地恢復了視覺。這是一個很大的餐廳，四排座位由一道齊腰的護牆板隔著，一直伸延到看不見的深處。天花板上懸掛著大紅大綠的宮燈，牆上掛了花鳥的國畫。幾位德國女招待悄無聲息地走來走去，有人向我迎來，我只向她笑笑，卻繼續向前走，我以為那幽暗的縱深處一定有著中國人。可是直走到了最盡頭，往左是廚房，往右是廁所的地方，依然只有德國人活動著。我不由地氣餒，只得走了回來找了一個座位坐下。我環顧著四周，希望能找到哪怕只有一個來吃飯的中國顧客，卻沒有。僅有的坐上客人的幾張餐桌上全是表情肅穆的德國人，用刀叉吃著中餐。一個淡黃長髮的女孩走過來點上了我面前的蠟燭，遞上菜單，總算菜單上有一行中文：

酸辣湯，什錦麵，古老肉，宮保雞丁，讓我做了那麼幾秒鐘的還鄉夢。我要了一杯茶和一碗麵，然後再向她要一雙筷子，我用漢語和英語反覆地說了幾遍「筷子」，她均不明白，只得用手指沾了茶水在桌面上畫給她看。她走開去，留下我一個人對了一支搖曳的蠟燭。我不由地有些恍惚起來，我究竟是在了什麼地方，這地方與我究竟有著什麼關係，我為什麼會到這裡來？我在這裡，誰也不知道，那淡黃長髮的女孩知道，她會說：今天有一個中國人來吃飯，要一杯茶，一碗麵，還有一雙筷子，僅此而已，而她第二天便忘了。我今天整個上午在呂貝克走來走去，沒有人知道我是誰，從哪裡來，來做什麼，於是，連我自己也有些動搖了。我好像是一個流浪漢似的，幸好手裡有了一杯熱茶，這是今天從早到現在第一次接觸熱的東西，早上那一口苦茶不算，而天氣是那樣的寒冷。麵來了，我磨磨蹭蹭地吃著，拖延著時間，這裡很暖和，暖氣機無聲地工作著，外面正刮著陰慘的北風。而我又不願回旅館，那旅館裡的陰森氣氛令我無法安心。並且，我走在街上，畢竟還可有人看見我，似乎可為我的存在作旁證似的。一旦進了旅館，進了我那三號公寓走廊底的單人房間，好像變成了一個一百年的隱士，再沒人看見我了，知道我了，我就好像沒有了似的。如果這世界沒有了我，我又還有什麼呢？我吃著油膩膩的已經變了種的什錦麵，注意著有沒有中國客人走進餐館，像一個西方現代作品裡的孤獨英雄一樣想著心思。而我無論多麼不想出去到那寒冷的大街，出去的前途是多麼的渺茫，我卻怎麼也安不下心來從容地吃麵，這裡終不是久留之處，我受著無形的催促似的，急急地結束了一切，急急地招來那女孩算帳，付完帳後急急

地給了小費，然後急急地穿上大衣，急急地出了門去，就好像，有什麼要緊的事情等著我，就好像我有著什麼要緊的去處。我急急地出了門，門外竟出了太陽，盡管風是十分料峭，可正午的太陽是暖烘烘的。心情豁朗了一些，我穿進了大街後面的小巷，不知不覺又到了我的旅館面前，老闆娘在門廳裡拖洗地板，那旅館終於有了些氣氛，我便決心上樓小歇一會兒。可一旦進了房間，我卻又急急地想要出來，怎麼也坐不定似的。我不能在這房間裡久留，久留了我便會被埋沒了似的，我好像非得走到大街上，讓所有的人都看見我，證明我在場，這時候，我對自己的存在沒有一點信心似的。我便又匆匆地走下了樓，走出了旅館。總算太陽還在，照耀著旅館門前的花壇。我沿了石子街面向前走，又是到了那座建於一二二七年的St. Aegigien教堂，門口的牌子上寫道，下午三到四點開門。教堂旁邊，有三四個旅遊者，在寒風中的太陽地裡，抖抖索索地吃三明治。對面的綠草茵茵的花園裡，二樓推開了窗，伸出一個姑娘的腦袋，對著樓下一個小伙子大聲喊著什麼，小伙子便大聲地回答她，他們的聲音在這正午的太陽裡傳得很遠。我離開St. Aegigen教堂時，無意中看到了一個聖·安妮博物館（st. Annen）下午兩點鐘開館。我看了看錶，這時還不到一點，心裡便想著去哪裡消磨這一個來鐘頭。這一日是那麼的漫長，每一分鐘的逝去都那樣艱難，好像每一分鐘都在等待人作出決定。我慢慢地離去，向另一個方向走去，我忽然想繞到我的旅館的後面，去尋找我窗下的那一幅明媚的圖畫。我走上一座鐵橋，鐵橋上有自行車疾速地行駛。我站在橋上，看見橋下，我的旅館所在的那條街的後面，果然是一個湖泊，湖邊是青草和綠

樹林。我懷了一種尋找夢境的驚喜的心情下了橋，走下台階，走在草地的小徑上，走到了湖邊。湖水很平靜，碧綠的湖水上果然漂有彩色的浮球。湖的那一岸，是一排房屋，我找到了我的那一座旅館的公寓樓，樓的背面才露出了久遠的年代，石灰好像有些剝落似地陳舊著，我甚至憑著感覺找到了我的那扇窗戶。湖邊的長椅上，坐了一對情人，年紀已不輕了。一個父親帶了一個孩子在路徑上蹦跳著玩耍。露天咖啡座的椅子全空著，盛開的鮮花有一種淒豔，十分寂寞，沒有一個人。我繞過湖，從那一頭走上了鐵橋，當我走上台階的時候，忽然嗅到一股撲鼻的香味，那是一股熟到骨髓裡的熟得已忘了名目的氣息。我心裡恍恍的，覺著有些奇怪，好像做夢似的。我尋找著那氣味的來源，四處張望著看見了一個廚房的後門，像是一個餐館的廚房。我好像有些明白，卻又不很確定，疑疑狐狐地走上台階，上了街道。這時候，我看見了就在我身邊頭頂上，有著金光燦燦三個大字：「陳家園」。我恍然大悟，這果然是一個中國餐館，那一股油、辣、酸，攪和一起的氣息，實在是唯中國菜獨有的氣息。而我再不敢貿然闖入了，我知道我又會希望掃地，喪家犬一般潰逃出來。我棄下了「陳家園」往回走，這時已快到兩點鐘了。

　　聖‧安妮博物館原先一定是一個大教堂，高大的、寬闊的、漫長的迴廊裡，懸掛了宗教革命前十三、十四世紀的大幅聖像、聖畫、聖壇、浮雕、雕塑。巨大的受難的耶穌睜著痛苦的眼睛，渾身血跡斑斑，血從釘子眼裡滲出，順了裸著的雙足滴下。無數受難的耶穌挾制著人們從廊下走過，走進無數個展廳。許是那一晝夜裡我鬱悶暗淡的心境，許是呂貝克那寂寞的風景，許是那永

恆的陰霾與短暫的陽光，許是聖·安妮教堂陰森莊嚴的氣氛，我感到一股前所未有的宗教恐懼感。所有的聖畫幾乎無一不是圍繞著耶穌受難的內容，或是耶穌走上十字架前，瑪利亞鎮定而悲慟的送別，或是耶穌復活時，瑪利亞將他像嬰兒一樣擁在膝上，抑或就是耶穌受難的一整個過程。那受難的細節，受難的部位，釘子扎進肉裡滲出的鮮血永遠是最突出，最強烈，最攫住人的魂魄的。我從受難的如排山倒海一般向我傾下的耶穌下面走過，他的雙足正好在我的頭頂，他的鮮血幾乎要滴在我的肩上。耶穌溫柔的痛苦的眼神不知為什麼會有一種殘酷的表情，他終究是要世人做什麼呢？我是一個一無宗教背景的孩子，我無法明白人們怎麼會去篤信一件無形無聲的東西，我曾十惡不赦地捉弄一個吃長素的女人，之後那惶惶的心情至今還留有灰暗的影子。我從威逼著我的耶穌腳下逃跑似地走過，心想著於他的受難自己其實是沒有責任的。可是，他那眼睛，他那血跡，他那一整個悲壯的殘忍的受苦的姿勢卻始終地逼迫著我。我感到由衷的恐懼，我又不知我是懼怕著什麼。我漸漸地走到了一具樓梯旁邊，溜上了樓梯。樓上是一個富麗堂皇的展覽，展覽著呂貝克悠久的文化。呂貝克的瓷器、木器、陶器、家具、工藝品，那展室是一個套著一個，如九連環，又如迷宮，沒有終了。我從一走進二，再從二走進三，走進四、五、六，我不再關心展品，只想將這展室一間一間走穿，走到盡頭。可是沒有盡頭，永遠一個房間套著下一個房間：六、七、八、九、十、十一、十二、十三室裡有一個高大的女人，回頭向我和藹地微笑。我卻幾乎要叫喊起來地返身就走，退回到十二、再十一、十、九、八、七，我終於走了出來，好像

從一個圈套裡脫身，我下了樓，走過迴廊。迴廊的窗外是一個茵茵的草坪。我失魂落魄地喘息著，耶穌釘在十字架上高高地望著我，我總躲不開他的眼睛。這時候，遠處和近處響起了噹噹的鐘聲。我心裡生出了一個問題：宗教是什麼？我惴惴地在鐘聲裡響著：宗教是什麼？在我離開呂貝克以後，在我以後的旅途中，我一直懷了這一個問題，我到處去尋找答案，逢人就要問，直把人問得走投無路而後已。而這時候，我實在是嚇壞了，我又一次想道：我明天回漢堡。

我惶惶地走出聖‧安妮，雖然已是三點，可 St. Aegigien 教堂依然沒有開門，我從教堂前走過，走上前邊的大街，又走到了中世紀的城堡底下。廣場上聚滿了人，很熱鬧，我找了一條太陽地裡的長凳坐下，鴿子在我腳下啄食，太陽卻又漸漸地沒了。就在這時，遍地的鴿子呼啦一下騰飛起來，眾人不由地一驚，牠們卻早已遮暗了天日，飛遠了。牠們化成一群密密的黑點，在無處教堂尖頂上盤旋，然後又往廣場過來。天邊就好像湧起了層層的烏雲，成千上萬隻鴿子如鷂鷹般鋪天蓋地，向著人們俯衝下來，人們驚得四處躲著。那鴿群又碩大，又強壯，有著一股特別的陰險之氣，刷地又遍布在城堡下的廣場上。風起勁地刮著，有冰涼的雨點落了下來。幾秒鐘的時間裡，廣場上的人們便散盡了。人們都回家了，而我去哪裡呢？我就好像一個十九世紀的貧困的漂泊的彷徨的住頂樓的人，無處可去，前途茫茫。而雨點越來越大，我只得走了，我得去找一沿屋檐避雨。我向我的旅館走去，而我真不願意去那裡。雨忽然猛烈起來，遠處還有響亮的悶雷。我只得走到一家大型服裝商店寬闊的門廊裡躲雨，那門廊裡

已有一個男人在了。天陰沉得好像晚上十一點鐘，風將雨兜底掃起，一刮數十米。我木木地想著呂貝克的天氣，心情竟十分的苦悶。我又覺著那男人在注意我，我明明知道是我神經過敏，他很有理由注意我，一個外國人，又是個女人，而我克制不了起心的恐懼。我是一定要回漢堡了，如再在這裡逞強，我保不住我會瘋了。雨好像小了點，我便走出了門廊，向前走去。即便是在這風雨交加的天氣裡，我也絲毫不覺著我那旅館有什麼溫暖和可愛。雨又大了，我只得躲進一個咖啡館，要了一杯熱巧克力。

巧克力是溫吞水似的不涼不熱，咖啡館裡很嘈雜，不時有人進出。我喝完了巧克力，又坐了一會兒，等那雨停了，才走出去。太陽卻又出來，街道竟乾了一半，我繞著水窪走回了我的旅館，那老闆娘告訴我說，有我的電話，要我回電。我下樓到那老闆娘的公寓裡，看那電話留言，見是那一位旅行社的先生的名字，便與他撥了電話。他問我有什麼困難嗎？我簡潔地告訴他，我明天就回漢堡。然後我又給梁先生打電話，家裡和書店裡都沒有人，不知他去了什麼地方，我打算晚上再給他撥電話，便上樓收拾東西去了。教堂的鐘聲又噹噹地響起來。我迅速地收拾東西，心想著，收拾完了就出去吃飯，吃完飯就回來睡覺，明天一定要走了。我又想著呂貝克那滿城的屋脊上就豎著兩樣東西，一是教堂的尖頂，二是電視的室外天線，便覺著十分的可惡，我是一定要走了。

然而，就好像命中注定我還必得繼續留在呂貝克，

就好像命中注定呂貝克一定要爭得我的好感，

就好像命中注定我來呂貝克的旅行一定能成功，

就好像命中注定我與呂貝克有著什麼聯繫。

就在這時候，發生了一樁決定了我與呂貝克一整個關係的事情，發生了一樁將我在呂貝克的命運一整個改變的事情，那就是——

門鈴響了。

就像要回漢堡的決定壯了我的膽似的，就像冥冥中有什麼在作祟似的，我一反以往的疑神疑鬼，不再害怕。我鎮定地、堅決地走過走廊，走廊邊那一間雙人客房的門永遠啓開了一條縫，流出一線燈光，衛生間裡永遠地潺潺地漏著水。我走過走廊，打開了門，門口站著我在海德堡結識的朋友，啤酒恩和他的法國女朋友帕斯卡亞。

呂貝克出生的啤酒恩自從在海德堡聽說我下一步要去呂貝克，心裡就一直在想著一個計畫，就是到呂貝克來找我。可是帕斯卡亞不同意，因為再過四個星期就要考試了，這是複習功課的關鍵時候，不知他是怎麼說服了帕斯卡亞，又與黃鳳祝先生取得了聯繫，知道了我的旅館地址，一清早從波鴻出發，開了五個小時的汽車，到了呂貝克。

啤酒恩帶著我，敲開了呂貝克的許多緊閉的門，走進了呂貝克的許多神祕的房間，用他那輛故障不斷的破車跑遍了呂貝克美麗的郊外，美麗的與東德相鄰的 Wakenitz 河，我們登上無數座教堂的尖頂和鐘樓，在窮人和學生才去的飯店吃飯，在昔日水手雲集的酒館喝酒，我們去了托馬斯·曼的博物館和他就讀的中學，立即被一名校工趕了出來，我這時方才想起了托馬斯·曼，我早已將他忘了個乾乾淨淨。啤酒恩帶了我從舊日的養老院門前

走過，從宏偉的市政廳前走過，從他小時候的學校門前走過，他講給我聽許許多多的呂貝克的故事，他告訴我，那 St. Aegigien 教堂對面的鐵欄護圍的小樓前綠草茵茵上，曾經是納粹焚書的地方，他告訴我，呂貝克昔日是波羅的海的皇帝，這一句話從他嘴裡聽說與從教科書上看來是那麼的大不相同。他每天早上來旅館接我，深夜裡則將我送回，他直送我到門口，然後再三地說：「你不要怕，你一定不要怕，呂貝克是非常非常的好。」而就在他到的那天晚上，我的三號公寓裡那兩個客房裡分別住進了兩對不同年紀卻同是嚴肅而和藹的夫婦。我從此逐漸和我的鄰居們熟悉，早飯時，那一隻恐怖的黑貓一旦走進，那打綁腿的老先生便替我驅貓，並學著我趕貓的聲音說：「去，去！」教堂的鐘聲在每一刻裡噹噹地敲響，好像在奏一曲古老的頌歌，街上再不那麼空寂，大踏步地走著那麼多的人，好像是在一秒鐘內出現在啤酒恩的身後，好像是被啤酒恩率領出來的。啤酒恩就好像是一個將軍，率了一整個呂貝克的二十二萬人在中世紀的古堡下的古老的街道上雄赳赳地行軍。

最後，還要說的，是第二天，我們從 Ratzeburg 回到呂貝克，商量著中午吃正餐，晚上吃漢堡包，還是中午吃漢堡包，晚上吃正餐。這一時，大家都很餓，便決定中午吃一頓正餐，帕斯卡亞很想吃中國菜，於是我們便到了陳家園。

一進門就看見兩個中國跑堂在前後左右地招呼，一個年輕些，一個年長些。年長些的那一位將我們接到一張餐桌上，我們先用英語招呼，然後便互問會不會說中文，接著就一起說中文，他問我是不是從英國來的，因為英國離呂貝克很近，常有英國的

旅遊者過來。我說是從上海來，他竟說起了流利的上海話。他用上海話告訴我，他出來已有二十年了。他是那麼小的時候，他用手在齊腰的地方比畫了一下，被一個叔叔帶出來的。我向他打聽那一家上海餐館的情況，他說那家老闆是菲律賓華人，早已將餐館給了兒子，兒子找了個代理人在這裡，自己難得來看看，其實那裡已經沒有中國人了。他說呂貝克大約有十幾家中國餐館，卻已都是外國人了。他迅速地記下我們點的菜，將我們桌上的蠟燭點燃，說完這些，就走了。走了再來的時候，他又告訴我，看見嗎？那一張桌上的，是從北京來的。我回過頭去，看見我們身後靠窗的長條桌上，坐滿了中國人，其中有一個女學生模樣的人，據說是個留學生，我猜想許就是梁先生要找來給我作伴的那女生。在她對面，坐著我在大城門見到的那一個東方人，他依然朝著我微笑，我也回以微笑。

這時候，好像是呂貝克所有的中國人，都出來了，都上場了。可是，昨天，他們在哪裡呢？昨天，我多麼多麼需要他們的時候，他們都在哪裡呢？他們就好像有意地要給我安排一次磨練，給我導演一幕身臨其境的失落與尋找的現代劇。我們吃完了飯，各自付了各自的帳單，與那中國跑堂道了再見，走進了呂貝克的濛濛細雨裡。

當我急不可待地終於寫完了這些，我如釋重負，忽然地覺著一身輕鬆。這一段孤獨的沒有旁證的經歷終於從我身上卸下來了，交給那些認識我的知道我的，也為我認識，為我知道的人們，我感到十分的快樂而且安慰。我想起當我從呂貝克回到漢堡，像一個凱旋的英雄一樣很不平凡地走進天地書店，梁先生從

書庫裡抱了一大堆書朝我走來，平淡地說道：「回來了？」就好像我是去隔壁喝了一杯咖啡回來的一般，不由地十分洩氣。這一段無人知的經歷橫隔在我與一切人中間，使我感到孤寂。而這一刻裡，我丟下我的筆時，卻深深地體味到我所不可選擇地選擇了的這個文學的行當，是一個多麼幸運而幸福的行當。

訪日十篇

「巴拉巴拉東渡」

　　四月，我和媽媽應早稻田大學教授岸陽子先生和櫻美林大學佐伯慶子先生之邀訪問日本。乘坐早晨九點半中國民航九二三航班飛往東京。恰是日本學校春季班開學的前夕，同班飛機有許多赴日留學的青年男女們。

　　在候機室裡，面前就有一男二女，穿得極摩登，耳畔垂著長長的墜子，一旦說話，便左左右右地搖晃。他們隨身攜帶了很大的包裹：蛇皮袋和網袋，可看見網袋裡裝有鐵鍋與方便麵等食物，他們坐在一起，便議論著關於日元的問題。見其談吐舉止，均不很像讀書的人。然後，排隊登機時，聽見身邊有很熱切的告別聲。原來有一位父親，不知通過什麼路道，直送進了登機口。他約莫有六十歲的年紀，瘦瘦長長，像是銀行職員這一類的職業。他揮著手大聲地說道：「好好保重，出門在外，互相幫助，互相照應。」望著他的女兒也不知是兒子通過了檢票口，臉上露

出了欣慰的笑容。在我前邊，有一個瘦削的男子，樣子已不太年輕，他用小車拖了一個特大號的蛇皮袋，艱難地通過座位間狹窄的走廊，害得我也只得走走停停，受著身後人的催促。我不耐煩地說：「這樣大的行李，為什麼不托運呢？」他回過頭，答非所問地連連說：「對不起，對不起。」他謙恭而世故地陪著笑臉，終於將那蛇皮袋拖到了座位上，自己則站在座位前，茫然地擦著臉上的汗。

　　總算坐定，環顧一下，發現前前後後均是這樣赴洋讀書的男女，他們轉眼間便都熟識起來，互相問著，將在東京哪一座學校裡就讀。有好幾人答說是「國際語言學校」，再細細核對，卻又並不是同一所，就有人內行地笑道：「國際語言學校是很多的。」他們互相間還傳閱著一張很破舊的報紙，熱心地閱讀上面一篇不知什麼文章。我注意到在我身後靠著舷窗坐了一個年輕的男孩。高高的個子。臉蛋很白嫩，背了一個小包，一手拿機票，另一手捧了半瓶可口可樂。他是單獨的一人沒有同伴，又不善交際，就很寂寞地坐著。然後他身邊就坐下一個女子，同他搭起話來。她很親切地問他去日本做什麼，他趕緊回說是去讀書。聽他不是上海口音，那女子又問他是什麼地方人，他說是福建，因福建沒有直飛東京的航班，才到上海搭乘的。她便鼓勵他道，像他這樣年輕又勇敢的男孩，一定會有前途的。男孩便很感動地笑笑。然後又問那女子有多大年紀。女子讓他猜，他猜了一個很年輕的年齡，這回便輪到那女子感動地笑了。同我隔了一條走道的那一邊，還坐了一個孤身的女人，儘管裝扮得十分天真，卻也掩不住鬆弛的眼皮和憔悴的氣色了。一上飛機，她便摸出一本硬面

抄開始複習日語筆記，嘴唇喃喃地蠕動著。當午飯送到時，她才放下本子，用左手拿刀、右手拿叉那樣地笨拙地吃起來，過後又問我飛機上的廁所應在哪個部位。我望望她珠光寶氣且又疲倦的背影，不明白她本是做什麼的，現在又要去日本做什麼。餐桌收拾以後，那一張破舊的報紙又重新開始傳閱，當傳到我身前一個女孩手中時，我欠起身子看了一眼，看見了題首幾個大字——「巴拉巴拉東渡」。

飛機在東京時間十二點五十分降落在成田機場，他們拖著沉重的行李，前呼後吆地茫茫行走在空曠的大廳裡。當我們辦理了入關手續，領取了行李，走向出口時，就有一名海關人員禮貌地攔住我們，舉起一個小本，一頁一頁揭給我看，問我們有沒有攜帶本上所列的物品，那均是藥品：雲南白藥，一零一藥水，等等。後來才知，許多學生帶了這些東西在日本高價出售，以換取生活費用，擾亂了人家的市場。在我們身後，那些男男女女陸續出來，最終聚在一處，張皇地四顧著，不知在等待什麼。透過開往東京的大巴士的明淨的車窗，我最後望了我的這些同胞一眼，車就開了。

櫻花

我們來到日本的時候，東京的櫻花已經謝了。報上說，在上周的一場不期而至的四月風雪之後，東京呈現了寒雪覆蓋櫻花的景色。而計畫在周末去觀賞櫻花的人們不免失望得很。櫻花的花季十分短促，僅僅一個星期，紅色與白色的花瓣毫不回首地落在

地上，這又將是一場什麼樣的四月雪景呢？

當我們去箱根溫泉的山道上，出租汽車循了盤山的公路穩健地上行，身材高大結實的司機告訴我們，富士山神是一位美麗的女神，如若遇見比她更美的客人，便害羞地不露面了。山下出現了一面霧氣濛濛的湖，名叫蘆之湖，那團霧後面，就是富士山。我們沒有看見富士山，卻意外地看見了櫻花。山道一彎，前邊兀地騰起紅雲一般一片櫻花。司機又說：今年天氣寒冷，四月裡還下了雪，櫻花便謝晚了。如雲般的櫻花掠了過去，山上的氣溫果然要比東京涼爽得多。

在箱根時，大阪的主人來電話說，大阪的櫻花正是盛開的時候，快來啊！至多三天就要謝了。令我感到有些淒楚的是，櫻花的盛開總是與她的謝落連在一起，似乎其間缺少一點委婉的過渡。

而我們在去大阪之前，竟在京都看見了最後的櫻花。那櫻花如一頂粉紅的傘，籠罩著我們的頭頂，遠望過去，一蓬一蓬，流露出一股絹秀的閨閣的氣息。

岸陽子先生問我：你知道嗎，日本人為什麼如此熱愛櫻花？我說，是因為美？岸陽子先生說，是的，然而更因為櫻花所特具的那一種日本民族的精神，也就是武士道的精神。她開放的時節，是那樣嬌豔無比，蓬勃繁榮；她謝落的時候，則義無反顧，絕不流連，一無枯萎的日子，那樣一併地謝下，不是有一種殉道的氣節嗎？我望了晴空下嬌嫩的花朵，心想著，那樣壯烈的剛直的武士道精神，卻以這洋溢著羞怯的閨閣氣息的花朵象徵，是何等的奇異。然後，我又想起了我所喜愛的日本作家川端康成，

他在接受諾貝爾文學獎時所發表的演講，題目為〈櫻花盛開的季節〉。那文章的內容，我不再能記起，無法忘記的是他的自絕道路。在其頂峰時期，他卻背身款款地又斷斷地離去。我想，也許他便是懷了櫻花般的心情謝世的吧。

當我們終於到了我們旅途的最後一站——大阪的時候，櫻花已在昨天謝了。大阪太閣園的主人，為我們特定的午飯裡，有一個小小的漆盤中，是兩片櫻花的葉子。我至此難忘的是，我在報上看過的一幅照片，在櫻花織成的甬道裡，人們歡欣地仰起笑臉。孩子騎在父親的肩頭，父子攜起的手臂快樂地伸展著，好像對著櫻花歡呼。

鯉魚旗

接近五月的日子裡，天空裡升起了鯉魚旗。是這樣的一杆旗，一挑長長的竹子上，繫有一排薄綢縫製的鯉魚。藍色，紅色，或者綠色和黃色的綢布上，畫了鯉魚大大的眼睛與斑爛的鱗片。風從綢布裡吹過，鯉魚便漲大了魚身，高高地飄揚起來，襯托著蔚藍的天幕，顯得威風而又絢麗。人們走過一杆鯉魚旗下，便會抬頭望一望，然後說道：「這是一個新生的男孩，瞧那鯉魚是嶄新嶄新的。」或者說：「男孩已經長大了，鯉魚旗漸漸地舊了。」

五月五日，是日本男孩的節日。凡有男孩的人家，就要在屋頂、窗前，升起一杆鯉魚旗，一個男孩一杆旗，從出生的那一年的五月第一次升起，一直到他長成少年。這時候，他就會制止大

人們去升他的旗，這使他很害臊，因為他不再是一個男孩了。

　　據說，男孩節起源於八世紀的奈良時代，距今已有一千二百年的傳統。最初是宮廷裡的節日，然後步入武士階層，最終成為平民們的節日。還有人說，這是從中國傳來的端午節的演變。然而，他們已將中國農曆五月五的節日，移至公曆的五月五日。端午節的起源是為了紀念屈原，屈原是一位詩人墨客，日本的男孩節卻充滿了尚武精神，他們希望男孩們能夠長成勇敢有力的人，高高的鯉魚旗則象徵了飛揚的前程，是否與我們的「鯉魚跳龍門」的俗話有關，就不知道了。總之，是在春天即將過去，夏日就要來臨的時候，草木繁榮，一切生物都充滿了勃勃的生機與活力，人們心情愉快，特別有幹勁，男孩們的節日就到了。

　　女孩子的節日是在七月七，也叫「乞巧節」，這大約是來源於中國了，並且至今沒有改變初衷。到了這一日，女孩子們將自己製作的美麗的偶人擺設於庭前請大家欣賞。在中國，「乞巧節」早已是不過了，然而至少還留有一個傳說，為民俗學家增添了研究的課題。可是，男孩子的節日是什麼呢？我們對男孩子的理想是什麼呢？我們的男孩們的旗是什麼呢？

　　我心中懷著這樣的問題，從別國的飄揚了鯉魚旗的天空下走過，風吹起來，無數條絢麗的鯉魚騰空而起，呼啦啦地飄揚，藍天變成了海洋。望著東京街頭步履匆匆，精神抖擻的小伙子們，他們一律理著短短的髮式，耳鬢刮得青生生的又清潔又健康，意氣奮發，朝氣蓬勃，在各自的崗位上勤勉而努力地工作，令人羨慕不已。我不由想到，他們每人都有一桿美麗而威武的鯉魚旗。

三十年前

　　日本是繁榮的。在東京這樣一個人口高度密集的城市裡，交通暢通無阻。地鐵猶如一張網，十幾條線路縱橫交錯，以各種顏色標明指示，即使不識字也不致坐錯了車。東京的地底已經完全鑿通了，不僅是一層，還有第二層。人工的光照明亮且柔和，使人忘記了身在何處。地下街道上砌著整齊清潔的方磚，兩旁的商店櫥窗裡，琳瑯滿目，門前有年輕的服務員笑容可掬地背手站立。東西飯館排列了一條長街，各色菜餚陳列於櫃內，可供挑選。你從這一條街走到那一條街，不知不覺走上了出口，藍天陡地出現在摩天的高樓後面。高樓間射來銳利的陽光，刺痛了你的眼睛。這時才發現你在地下已經走得很遠，出發的地方已相隔了很長的道路。汽車在立體交叉的公路橋上飛馳，不再有什麼不可到達的目的地了。東京將密集的人群分散在地下與空中每一層的空間裡，築成一個蟻巢般相交相疊、層層疊疊的世界，緩解了繁衍的人類與有限的土地間的激烈戰爭。

　　然後，太陽從摩天大廈後面墜落，燈亮了。霓虹燈呈現體積狀地轟炸般地變化閃亮，滔滔地從洶湧的紅色推向澎湃的綠色。汽車連成燈河，數十條燈河滾滾交流。黑暗的夜空映紅了，好像是熊熊的火光。大廈裡的燈亮了，將樓體映照，與夜空融為一身，留下了無數盞明亮的燈，織成燈的簾幕，從天而降。

　　新幹線上的快車風馳電掣，時間的含義消失了，距離的觀念也改變了，在此同時，那演繹了幾千年的人與人離合的故事也將重寫了。

2002年在東京與日本畫家東山魁夷夫人。

可是，我的日本朋友富窪先生說，僅僅還是三十年前，他十歲的時候，他是光著腳穿了木屐，和弟弟一起，踩著覆蓋了白雪的山路去上學。他是一個出生於九州鄉下的孩子，如今在東京國立圖書館東亞資料課工作。他回想著在他的家鄉，三十年前沒有自來水的時代裡，村民們將竹筒劈開，連成竹槽，引來清甜的泉水。秋天的時候，落葉填滿了竹槽，水道堵塞了。於是，全村的男子們，就扛了掃帚溯源而上，去清掃落葉。當年唱著歌兒去掃落葉的情景，如今還歷歷在目。而在田中小姐的家鄉千葉，用的是村中的井水，每逢洗澡的日子，她便和妹妹擔了水桶到井邊擔水。她記得，是在她讀六年級的時候，家中才有了一台黑白電視機。富窪也是同樣的年紀裡，才有黑白電視機的。那麼，說起來日本的繁榮便只是三十年間的故事了。富窪與田中們略有些不安，秋天掃落葉時唱的九州的歌曲，陡然消失，只留下一些隱隱的餘韻。

水上調

與水上勉先生見面之前，心裡一直在想，先生應當穿一襲黑色的和服，消瘦而飄逸，臉上也當是微微蒼白亦有些優雅的抑鬱。不料站在面前的竟是一位風流倜儻的先生，穿了合體的西服，樣式摩登的眼鏡，花白的頭髮瀟灑地披在額上，臉上含著明朗親切的笑容。他告訴我們，他正在寫作的長篇是關於一個吹簫的中國人，到日本尋找他的父親的故事，也將是一部簫的史話。在很古遠的時候，曾經有二百個日本和尚去到遙遠的中國天目山

與水上勉。

中學習禪道，後來天目山裡流行一種奇怪的疾病，二百個和尚全部病死在天目山美麗的竹林中了。他想，在那些學禪的清苦的日子裡，當有一個和尚與一個山裡的女子偷情，然後就有了那個吹簫的少年和越洋尋父的故事。

水上勉先生是我國讀者最熟悉的日本作家之一，他的作品翻譯介紹得也相當多了，然而，像這樣面對面的聽一位作家敘述他正在進行的作品，這種快樂卻遠不是讀書可以比擬的。創作的過程是最寶貴的東西，是真正屬於作家個人所有的唯一的東西。一旦作品完成公布於世，便會附於許多別人的思想，成為社會的存在。唯獨是這創造的過程可成為作家真正的私有物。然後，我就將我正在準備的長篇的計畫說給先生聽。我的故事發生於我母親的奇怪的姓氏——茹姓。茹姓來源於遙遠的北方的古族柔然，而我母親的祖籍卻是紹興，當我去到紹興的時候，竟發現了這樣多的茹姓，似乎天下姓茹的全聚集在這裡了。那麼，從漠北遙遠的柔然，到紹興的茹氏，這其間是一條什麼樣的道路呢？先生聽了我的故事，沉吟了一會兒，說道，「茹」也是一種草的名字，它生長在紅色的土壤中，那麼，紹興是不是有紅色的土呢？這就將是另一個故事了。這時候，我則以我的身心委婉地領會了「水上調」清麗敏慧的內涵。

「水上調」是人們對水上勉先生風格的稱謂。其調中含有一種接近於禪的空靈與悟性。水上勉先生認為老莊是美麗的哲學，而我以為在一個需要以行動來解決問題的世界上，老莊固然美麗，卻空泛了。這時候，水上勉先生的眼睛裡閃起了好鬥的興奮的光芒，他從沙發上欠起身體，說道：行動的結果是什麼？擰

開金屬的龍頭，水來了。那麼，當水從井裡汲上來，從溪床裡流過來時給予我們的心情還有沒有呢？人走到門前，因光感的設備門就開了，那麼，當我們觸摸門，去推門的感覺又到哪裡去了呢？我就對他說：在人類社會發展的強大規律面前，這些心情與感覺都是不重要和奢侈的。他大聲地說道：「No，No，No」然後問我有多大年紀，我說三十五歲，他便說：「我是七十歲，你聽著，還將有十年的時間，我要與你辯論！」他接著告訴我，在離京都一個半小時火車的地方，有他的一個書齋。名為「滴水文齋」。書齋所處的鄉下，便遭受了嚴重的工業污染，海水與農田被毀壞了。假如有機會，你到「滴水文齋」住上幾日，與那裡的農民接觸一下，無須語言，只用心去感受，你會明白什麼是行動的結果。先生臉上流露出嚴肅的悲哀，面對污染的海域，他的一滴清水又有何益。我忽又覺出先生歌調中高亢欲裂的弦音，儘管不服輸，卻受了深深的感動。

溫暖的京都

　　遊玩京都的時分，正是日本中學生畢業旅行的旺季。廟宇和神社裡，處處可見穿了深色學生服的孩子們，活潑快樂地奔來跑去。帶領他們的常常是一些身體結實的年輕男老師，我想，體力稍差一些，大概就很難管理好這些精力旺盛的孩子們。還有一些老師，將學生們安排給出租汽車司機，每四人一組，由司機負責導遊與管教。這時候老師們便可在旅館睡覺，養精蓄銳以應付夜晚可能發生的種種事故。一個年輕的司機，招呼了四個孩子四處

1986年在紹興茹家婁尋根時採訪王阿大。

遊玩，那情景是十分可愛的。畢業旅行往往安排在最後一個學期開始的時候，旅行結束後，就要集中精力學習，準備投入高考。待到高考之後，我想是再不會有心情舉行畢業旅行的。在東京的地鐵裡，晚上的時候，常常會看見小小的孩子背了沉重的書包去補習學校上學。這樣幼小的年齡，就加入了激烈的競爭的努力，令人十分感慨。在京都眾多的神社裡，小小的祈願的木牌上，常常寫著，希望考試成功，然後虔敬地簽上自己的姓名。出售祈願牌的窗口，被孩子們擠滿了。到神社裡向著看不見的神，祈求考上好學校，這一番情景有一些酸楚，卻也微微的有一些安慰。畢竟，在神社前繫上自己的心願的那一瞬間，心裡是充滿了幻想。而這幻想，在疾速的地鐵電車裡，是難以生存的。

在清水寺邊，還有一個小小的神社，這裡的神掌管的是婚姻和戀愛。祈願的木牌上請求的全是戀愛成功，家庭幸福的願望。神社的兩側還懸掛了還願的字條，簽署著男女雙方的姓名，感謝神靈給予幸福，使他們如願。小小的庭院裡，分開著有兩塊石頭，相距有十幾步的道路。如果閉上眼睛從這一塊準確無誤地走到了那一塊，心中的愛情就一定能成功。一群學生圍繞在這端的石頭邊，誰也不好意思舉步，卻也並不離去。終於，有一個瘦高的男生決心試一試了，當他勇敢地閉著眼睛邁開腳步的時候，便有一個胖乎乎的短髮圓臉的女生，焦急地跑出人群，關注著他的腳步。在同學們的起鬨與嘲笑中，他成功地到達了目的地。

京都的神社，真是一個給人安慰、希望與快樂的地方，充滿了溫暖的氣息。

遠遠望見，那邊綠色的山上，有一個「大」字，朝著天空躺

在山頂。岸陽子先生告訴我，那是在清明的日子裡，到了夜晚，沿著「大」字的形狀，點著明燈，爲重訪親人的死者，照耀著陰冥的道路，好使他們一路順利地回去。我想起在中國的放河燈的傳說。心想，大約因爲我們是河流的子孫，所以死者的靈魂是順著河水走向陰冥。而日本是山地的民族，那逝去的道路便是山路了。望望遠處山頂的「大」字，每一道筆劃都綿長地延伸著，跨過了山梁。想像著一個漆黑的夜晚裡，那「大」字上亮起了明燈，漂泊的靈魂在燈光的照耀下聚集起來，唱著無聲的歌兒走向永遠的歸宿，心中不由升起了淒涼的暖意。

小野司機

　　京都的出租汽車司機待人特別親切。從東京來到京都，遇到的第一位司機，是一位朝鮮人，他一見如故地告訴我們許多家務事。他說他是出生在日本的朝鮮人，老家是漢城，他不懂朝鮮語，因此他的朝鮮妻子和母親便常常用朝鮮話罵他，他卻聽不懂，他沿途一一指點給我們看京都的景色，又向我們打聽關於中國的事情。前邊路口出現紅燈，停車等待的時候，忽見旁邊有一輛出租車門開了，走出一位司機，微笑著向我們的車窗前走來。原來他是來告訴我們，有一角衣裾被車門夾住留在了門外，我們趕緊推開車門，將大衣拉好，並向他道謝。他微微一鞠躬，又笑微微地走回了自己的車。這時候，綠燈亮了，車開動了。當我們與他擦肩過去時，隔了車窗，他向我們點頭致意，隨後，我們便在洶湧的車流裡分散。然而，這一位司機和藹可親的笑臉，卻一

直留存在我們記憶中了。

　　到京都的第二日，我們去奈良遊玩，送我們去車站的司機是一位中等個頭、黝黑皮膚、身體結實的年輕人。在去往車站的途中，他與我們閒話，說這一年中，日幣價值不斷上漲，因此，即使是旅遊旺季的春天，京都的客人也少了許多，使得出租汽車的生意清淡了不少。當他知道我們從中國來的時候，便由衷地說道：我們京都的建築全是模仿中國的西安，連地名也學著西安設計的，比如「一條」「二條」「三條」的。中國是一個偉大的國家，他嚮往地說道。岸陽子先生就說，下一日我們的計畫是遊玩京都，到了那時，就請您開車帶領我們吧。他欣然答應，說到了下一日的早上九點半，他便到我們所住的京都國際飯店來接，並且告訴我們，他姓小野。

　　這一日，我們準時走出飯店，便見不遠處停靠的一輛出租汽車內「騰」地鑽出一個年輕人，果然是小野司機。今天，小野司機穿著一身整潔的藍色西服，繫著領帶，精神抖擻，特別漂亮。他向我們鞠躬問好。本以為已經淡忘的小野司機的形象，剎那間鮮明起來。我們上了車，沿著陽光照耀的寬闊的大街向前駛去。小野司機說：今天我們首先要去的地方是金閣寺，然後他遞給我們一張明信片，上面有一座精緻美麗的寺廟，傍山臨水地立著。這一座金碧輝煌的寺廟，曾經被熊熊的大火燒成灰燼，然後再次重建。金閣寺如何葬身火底，有許多傳說。一種傳說是說和尚們受不了嚴格的戒律以及方丈殘酷的壓迫，由於反抗而放火燒了寺廟。另一種傳說是講一個和尚被金閣寺的美麗懾住了魂魄，他無法容忍有其他的人看見金閣寺，心中升起了無可壓制的占有慾，

他覺得，只有將其毀滅才可獲得。這兩種傳說，我選擇了後一種。到達目的地後，小野司機也隨我們下車，陪同我們觀賞金閣寺，為我們熱心地講解，猶如一名稱職的導遊。我們向他道謝，他就說他非常高興和中國的客人一起遊玩京都。他再一次地說道，京都的城市，是向中國西安學習而得的。

金閣寺之後，我們去了龍安寺。龍安寺內最最著名的是「石庭」。一具三十米長、十米寬的庭園裡，細砂鋪地，勻勻地掃出流暢的線條，園內有十五塊石頭，三面環牆，一面是日本式的木板長廊。遊人到此，只要在廊前坐下，默對石庭良久，便可獲得禪的寧和的境界。小野司機同我們一起坐在庭前，凝望著砂粒舒緩流淌的歌韻般的線條和那隱隱現現的石頭。

然後，小野司機帶我們到了嵐山腳下。嵐山上有我們尊敬的周總理的紀念碑。這一回，我們自己上山了，小野司機留在山下汽車裡等待，似乎為了讓我們與自己的總理單獨相守，而禮貌地迴避這一個寶貴的靜默的時刻。上山的時候，天陰了，雲遮住了太陽，滴下細小的雨點，四周又是一派「瀟瀟雨，霧濛濃」的雨中嵐山的情景。

午飯以後，我們在太平神社的櫻園裡意外地看到了最後盛開的櫻花，而後來到音羽山上的清水寺。山上那一具臨了深谷的巨大的戲台，據說當年在戲台上演出著一種叫作「能」的表演，若是夜晚的時分，那懸崖邊的一台燦爛燈光與鏗鏘鑼鼓，將是一副多麼奇異壯闊的景象。我們在面臨深淵的圍欄邊俯瞰了很久，深不見底的山谷被茂密的樹叢遮掩。我們又沿了山路緩緩地下去，再回頭看那古老的戲台，又是一番別樣的心情。

清水寺裡還有一注泉水，傳說喝過之後人可長生不老。許多男女孩子擠在小小的石台上，爭奪著有限的幾柄長勺，去接那神奇的泉水。小野司機帶領了我，使勁擠進人群，從一個男孩手中奪過長勺，爲我接了清涼的泉水，目不轉睛地望著我喝下，再帶領了我擠出人群。長柄鐵勺在我們頭頂上傳來傳去，冰涼的水珠滴下來，打濕了我們的頭髮和衣裳。我不由想，如若遇見的不是小野司機，而是別的司機，京都依然會給予我們這樣的快樂嗎？我想也會的，可是心中仍然慶幸我們遇到了小野司機。

僧侶們

　　在東京新宿區，京王百貨店旁的地鐵站前，從早到晚站立著一個年輕的化緣的和尚。他身穿一襲黑色的袈裟，腳踩一雙高高的木屐，頭戴一領斗笠，深深地遮住了面容。他雙手捧了一隻化緣的木碗，一動不動地站著，寬大的黑色的袖口被風吹起，飄揚著。遠遠看去，好似一尊塑像。這是最熱鬧的街道，人如潮湧，人們步履匆匆，地鐵站內自動售票機繁忙地工作著，只聽錢幣投入叮叮噹噹響作一片。穿著嚴整的制服的年輕的檢票員永遠咔咔地活動著檢票夾，爲使急驟而均勻的節奏保持不變，即使無票可檢時也一逕咔咔地按動，有如一架自動機器。笑容可掬的姑娘站立在街上，向行人分發印有廣告的紙巾。在這激流滾滾的街道前，那一位托缽僧紋絲不爲所動，頑固地緘默著，穩穩平端木碗。斗笠，黑衣，木屐，宛如從一齣戲劇裡走下的人物。當我從他身邊走過時，心裡就想：這一位和尚是來自哪一座山，哪一座

廟，爲什麼站在這東京新宿的街頭，東京是他過路的地方或是迷途的地方？我驚異他如何能夠充耳不聞這喧鬧嘈雜的市聲，大約是已經到達了那樣的境界：「任憑弱水三千，我只取一瓢飲。」

在古風淳淳的京都，人們說，假如每到一個寺廟便投下一枚一百元的分幣祈求心願，那麼走遍京都的寺廟則需兩萬日元。在如此寺廟林立的地方，再看見袈裟斗笠的和尚，本是一件再自然不過的事情了。何況，京都的街上，隨時可見身穿華麗的和服的婦女，翩翩又嫻嫻地從身邊走過，給人以隔世美景的感覺，然而和尚們則以出人意外的方式登場了。

在下班時分的車輛高峰中，只見一位和尚頭戴一頂帽盔，腳穿旅遊鞋，駕著一輛鈴木牌的摩托車，在車流裡穿行著去趕赴道場。黑色的袈裟被風吹起，瀟灑而飄逸，轉眼間消失在車水馬龍的街道上。據說，和尚的生活也十分緊張，一日之間，有時需做好幾個水陸道場，於是，不便之下，就只得求助於現代化的交通工具。這天晚飯的時候，在京都國際飯店的西餐廳裡，鄰桌有一位高大英俊的年輕和尚，剃淨髮根的頭皮青青的，襯著象牙白色的皮膚，使那深黑色的袈裟看起來有一種時裝的效果。他端正而瀟脫地坐在桌前，與一個女學生大談英國的勞倫斯和中國的魯迅，還請餐廳的侍者爲他與那女生合影留念。他長得十分好看，喜愛文學，又頗得討好女孩子的要領，爲了什麼他要去做一名和尚，這令我好奇不已。這和尚雖穿著簡樸，卻越發透露出男性勃勃的生氣和魅力，容易使人誤入歧途，難道這就是京都的和尚？

還使我難忘的是奈良唐招提寺的一位和尚，他遵唐招提寺的寺規終身未娶。那一日，他和我們談了中國與日本寺廟建築藝術

上的似與不似的風格，談到佛教在兩國內不同的分別的發展，以及他近日內去中國訪問對我國佛教的憂慮。他所談的大多不能爲我們理解，因佛教是一門太深的學問，然而他那認眞而又幽默的態度，卻予我們很大的感染。我們見他的時候，他穿了白布短衫和黃褐色的布褲，正從鄰人的橘園裡走，早晨的陽光照射著他的眼睛，他微微瞇縫了眼，從一個塑料提兜內拿出兩個新摘下的橘子，送給我和媽媽一人一個，橘子散發出十分清甜的香味，橘梗上還帶有兩片嫩綠色的葉子。

寂庵

瀨戶內寂聽先生是母親多年的好朋友，於是很早以前就聽說她削髮爲尼的傳奇故事，懷了略有些興奮的心情，在到達京都的當日，便去探訪了住在嵐山腳下的寂聽先生。

泥路上鋪著石塊，引向一扇木門，一位年輕的大學生模樣的女孩將我們引進院內。院內有幾竿青竹，瀟瀟地掩著隱隱一處陋樸的房舍，未及細看便走了過去，來到一幢小小的日本式的房前。客廳裡卻是一式西洋風格，沙發上擱了色澤鮮明的靠枕，角落裡立燈的燈罩是那種火紅豔麗的顏色。引我注意的是落地窗戶前有一張矮矮的睡榻，榻上鋪著柔軟舒適的毛毯，安放著一個人形的靠枕，那人形有著奇怪的笑臉，藍褲紅衣，挺胸疊肚的樣子。牆邊的玻璃櫃前還立了一尊金髮碧眼、身著芭蕾舞裙衫的洋娃娃。身穿黑衣的寂聽先生出現在這客廳裡時，她周身籠罩的素樸與淡泊的氣息，使與她腳下華麗的地毯形成了令人難忘的對

照。她親切地與母親擁抱並且敘舊，她說話的聲音很悅耳，有一張和善的圓臉。我想像她年輕留了長髮的模樣，覺得那樣的她大約是溫柔而可親的。因此當我在她自傳小說的扉頁，看見她當年的照片，就像是一個美麗的村姑的時候，並沒有感到太多的意外。又一位年輕姑娘送上了精緻的茶點，當寂聽先生要為送我們書簽名時，便來了第三位年輕姑娘替她研墨。這些女孩子都是在這裡做事的，為什麼要來這裡做事，我想也許第一位姑娘是因為信佛，第二位姑娘是因為愛文學，第三位姑娘是出於崇拜寂聽先生。當寂聽先生要請我們去一家中國餐廳吃晚飯，我們走出客廳，走過青竹掩映的庭院的時候，我獨自跑到那一欄矮牆後面的茅舍望了一眼，一鋪整齊的青石板路徑，通向白牆灰瓦的屋舍，沒有上漆的木門上方，寫有兩個字──寂庵。

然後我們乘坐了寂聽先生的私家汽車，由一位身著窄肩長身黑色西裝的先生，駕車開往市內。在明亮的餐廳裡，寂聽先生談到她的往事。她原先有一個安樂的家庭，一位身為教授的丈夫和一個女兒，然而她卻為了愛情離開了家，開始了她動盪不安的情感歷程。而她在此漫長的愛情苦旅中飄泊之終，最後又歸為寧靜。她將其間的每一點辛酸苦甜，全真實地不隱瞞地傾訴於讀者，她說，也許這就是她成功的原因吧。

我極少看見過一位作家擁有這樣高的知名度。人們似乎已經認識了她的黑色的汽車，當我們的汽車停下的時候，就有年輕的女人彎腰對了車窗裡的寂聽先生揮手致意，寂聽先生則合掌相向。在我們住的京都國際飯店廳前，便張貼了海報：瀨戶內寂聽先生的演講會，數日之前票子便已售完。我們站在國際飯店燈

火通明的台階上，望著她在圍觀歡呼的群眾裡退回車內，然後，漆黑的汽車駛離了燈光的照耀，向著遠處隱祕在夜幕中的嵐山駛去。那矮牆後面，草木掩映處的白牆灰瓦的寂庵便悄然出現在了眼前。

歌舞伎町的夜晚

在東京的最後一個夜晚，我與富窪和田中，來到歌舞伎町一家日本式小飯館吃飯。歌舞伎町與我們所住的太子飯店，僅只隔了一條馬路，卻是兩個不同的世界了。隔了馬路看去，只見俗豔的霓虹燈閃閃爍爍，隱約傳來沸騰的人聲，「雀牌」的幌子無計其數。曾經在一日的清晨越過馬路走過一次，那時的街道格外寂靜，沿街小店門戶緊閉，燈滅了，石子路面上飄零了一些骯髒的紙屑，顯出一夜狂歡之後的倦意。還有一次是在傍晚的時分，我從外歸來稍稍迷了一點路，最終是從歌舞伎町的小街上穿過回到了太子飯店。當我走過小街，滿耳都是「吃角子老虎」吞吐錢幣的噹啷啷的響聲，如同一場錢幣的大雨。

我們尋找了一個靠牆的角落坐下，這是一個不大的飯館，共有三四張桌子，還有一周櫃台，櫃台前放著高凳，已有幾個男人坐在高凳上喝啤酒或者吃麵條，一邊說話。我們要了日本風味的烤肉串和冷豆腐，將細小的銀魚乾拌上作料吃著。不一時，其他兩張桌子也坐上了客人，各是兩對男女。在我們的鄰桌，那女孩還很年輕，穿得很隨便，長得十分漂亮，大眼睛，高鼻梁，是那種現代的風格。對面那男子卻要年長一些，穿了襯衣長褲，

瘦高的個子，兩人一邊吃一邊說笑，女孩神情很生動，舉止也很放鬆。我便問我的朋友們，他們是一對夫妻還是一對戀人呢？他們打量了一下回答說，什麼也不是的，很可能是上司請底下的女職員吃飯，聽他們說話，那女孩似乎是一名電腦打字員。我又問道，在日本，一個上司請一名女職員單獨地吃飯，是不是正常。富窪說是正常的，田中則認為假如被人發現會帶來問題。我再問道，為什麼說他們不是戀人？富窪說從那女孩的表情上判斷的，因為她很無所謂的樣子，否則，她應當嫵媚一些。要知道，在日本，女孩對男孩的愛情，是可用上「糾纏」二字的。田中小姐便不同意了，諷刺富窪道，這只是他們自己的感覺。不過她也認為那女孩若是在談情說愛，那麼態度也當柔和一些。在他們這一對的那邊，還有一對男女，默默地吃完飯付帳之後就起身走了，富窪與田中都說，他們是一對真正的夫妻，我想這是因為他們之間似已有了默契，相互的態度和諧卻也漠然了。而在靠櫃台最裡邊的那一個長髮女人與旁邊的男人，他們的關係已經相當深入卻並不是夫婦，富窪銳利地環顧周圍，然後告訴我。他們兩人已經在那裡喝了很久了，卻不說一句話，那男人被女人擋住了大半，女人的背影，看上去幾經滄海的模樣，大約，歌舞伎町真正的故事就在此了。在他倆默默喝酒的邊上，客人已來回換了多次，男人們說話的聲音越來越響，因喝了酒而解除了顧忌，手在空中比畫，或者呼呼地吸著麵條，門外小街上的嘈聲也越來越響，有著隱祕暗示的招牌在霓虹燈的環繞中忽明忽暗。朋友告訴我，這些櫃前喝酒的男人們大都是商社或公司的職員，每天下班之後，邀上一個朋友，在這樣的飯館裡喝喝酒，發發牢騷，說說上司的壞

話，訴訴心裡憋悶了一日的冤屈，然後便各自回家去了。

十一點鐘的光景，我們站起身，最後地望望角落裡櫃台前默默喝酒的男人與女人，離開了飯館。狹窄的路面上籠罩了陰雨的白晝一樣的光明，沿街的店鋪全敞開了門，賣烤肉的爐子燃燒著通紅的火光，街上的行人，臉上流露著放縱的表情，鬧嚷嚷地往來。我們走出歌舞伎町，站在了馬路邊上，對面是高聳入雲的摩天大樓，威嚴地沉默在燈光映紅的夜幕前。

漂泊的語言

　　一九九一年六月，參加新加坡《聯合早報》第五屆文藝營，其中有一個活動是與新加坡文學青年聯誼，我們這些來自港、台、中國大陸及海外，為「金獅獎」來作評委的華人作家，被分作幾個小組，分別去和青年們見面。

　　我和台灣的朱天心一組。我們這組的兩位主持人富有想像力地將這見面會設計成一個遊戲。後來才知道，主持人之一就是我們所評選出的散文一等獎獲得者，他的散文題目叫《迷路的地圖》。他還和其他四位青年集資辦了一個華文文學刊物，是這島國的華文文學積極分子。這遊戲共有三個項目，第一個項目是大家包括我和朱天心站成圈，依次大聲地喊出自己名字，使彼此熟識；第二項是連句遊戲；第三項是編故事，由我和朱天心擔任點評。

　　連句遊戲是由一個人起句，起句這一句當是簡單而主、謂、賓俱全的句子，然後再一個人一個人地接下去加進定語、狀語、形容詞等句子成分。這種遊戲對於正學習現代漢語的人來說，確

是一種有趣味的鍛鍊，然而，像我們這樣並非以語法規則而僅憑語言習慣說話的人，要了解這一項遊戲的內容卻是需要費些口舌的。總之，主持人為向我和朱天心解釋這遊戲花了不少時間。青年們都耐心地等待著。然後，遊戲終於開場了。

　　第一句由一個女孩起句，她說：「我找不到我的腰圍。」這句話使我困惑不已，可我看在場的人顯然只有我一個人在困惑，連台灣的朱天心都明白得很，於是也不好意思提出疑問浪費大家的時間。我猜想這話的意思大約是指發福，沒有腰身了。而這語言的方式究竟來自何處？英語？廣東話？不管怎麼，我們連句遊戲的第一個回合就從這一句「我找不到我的腰圍」開了頭，接句的人想了半天才遲疑地說道：「我怎麼也找不到我的腰圍。」第三個人苦思冥想許久「怎麼也」接不下去。我暗自慶幸還輪不到我。否則一定要大出洋相。第四個人說：「我怎麼也找不到我的腰圍，我媽媽在我身上找到了她的腰圍。」這一句立即被其他所有人否決了，說這並不是在原來的句子裡豐富成分，而是綴加一句，成了一個段落。但大家也一致認為這一次起句起得不怎麼樣，建議從頭來起。

　　於是第二個起句來了：「早上我喝了一杯咖啡。」這一回進行得比較順利，直到「早上下雨，我和不很英俊的×××在鋪滿凋謝的玫瑰花的床上很勉強地喝了一杯很難喝的咖啡」為止。第三個連句最成功，一直從「我坐在了地板上」洋洋灑灑連到「不知為什麼我和小狗的媽媽竟然約好假裝鬱悶地卻不失莊嚴地坐在了冷硬的地板上看以往從來不看的電視節目」，這個遊戲才告結束，然後開始第三項編故事節目。

青年們這樣踴躍地前來與我們會面是我始料未及的，他們眼睛裡閃爍著熱切的光芒，被輪到連句的時候，他們神色莊嚴，態度認真，絞盡腦汁地思考。平心而論，他們連成的句子都不怎麼樣，表達勉強。我發現他們漢語詞彙貧乏，且被語法捆住了手腳，漢語對於他們已經相當隔膜，然而他們還都懷有強烈的好奇心。像他們這一代的孩子，大都受英語教育，不會說漢語；他們的父母，會說廣東話或閩南話，勉強會說一點普通話，再加上一些英語；再上一代，他們的祖父母，則只會廣東話或閩南話了。這便是新加坡的語言面貌。

提倡華語是近年新加坡的一項國策。在世界貿易中心舉辦的文藝營開幕式上，一位王鼎昌副總理專門到會，表示出對華文文化活動的重視，他還就華語的推行發表了長篇的講話。他說到提倡講華語不應脫離現實語言環境，否則反會阻礙華語的推廣。他舉了一個例子，「我乘坐巴士去巴剎買菜」。「巴士」是英語，公共汽車的意思；「巴剎」是外來語，市場的意思。這一句話人人能懂，也能順暢，如若要責備求全，說：「我乘坐公共汽車去市場買菜」，反而沒人明白了。他的意思是推行華語應本著實事求是一步一趨的精神，心急喝不了熱稀飯。

原本是好心，結果卻引起《聯合早報》等華人報界的反感，認為王副總理非但不力主華語的純正，反而鼓勵與縱容它繼續混雜下去，所以在第二天，就對他的話作了低調處理，不放頭版。

貿易中心一邊是我們文藝營的報告會，另一邊是大型華文書市，觀者如雲，麥克風裡播放著華語的錄音帶，一個大人帶著一個孩子，一句跟一句地讀：「床前明月光，疑是地上霜」，孩子

稚嫩的聲音，聽起來有一種揪心的感覺。

這就好像是一個華語的節日似的，在節日之後的漫長日子裡，人們依然使用英語辦公，外交，讀書，開會，英語是這社會裡實用性的語言，這是融入國際大家庭的需要。近年的提倡華語，卻又給孩子們出了難題，華文於他們已成為極困難的課程，他們視華文為古怪的費解的東西。有一些家庭，為免去這額外的麻煩，便早早送孩子去英語國家受教育，拿了文憑再回來。無論怎樣人們都相信這個社會的實用語言依然是英語，即便是大力開展華語運動的今天，政府將英語作為官方的、工作的、科技的語言這口徑依然不變，華語，則代表著文化的傳統。

新加坡完成了它的國家獨立、國際地位和現代化經濟計畫之後，自然就到了想起它文化傳統的時候。在英語所代表的民主文化與漢語背後的儒教文化中間，對於新加坡的政體來說，不言而喻是漢語文化更為安全與穩定。在我們的報告會上，就有一個觀眾，向我遞上一個信封，內有他的一篇文章，題目為「英文無法灌輸亞洲價值觀」。於是我想，政府選擇這一種語言文化背景，是經過了深思熟慮的。如同在獨立的六十年代之後，為防止華人社會對中國傾向而間離國家的凝聚力，而對華語採取壓抑態度，例如在一九八〇年關閉了唯一一所華文大學，南洋大學。

提起南洋大學，許多人都會熱淚盈眶。五十年代，人們自願集資創辦學校的情景如在眼前，幾乎每個華人都獻出了自己或多或少的積攢，連煙花女子也參加了捐款行列。

《聯合早報》積極籌備文藝營的一夥同仁們，大都是南洋大學的校友，這是新加坡社會最高程度的華語教育。這些畢業生的

理想與生計，從此便和華語聯繫在了一起。當他們在接受這語言的同時，也接受了這語言背後的文化、歷史、傳統，這使他們建立一種民族的觀念，這觀念在某些程度上超越了國家的觀念。於是，他們在新加坡這個以華人爲主的獨立的社會裡，情感時時受到衝擊與傷害，他們無一不感到刻骨銘心的孤獨，他們或多或少帶有邊緣人的表情。如同著名新加坡畫家，也是南洋大學校友的陳瑞獻所說，他們是一群「吉卜賽人」。「吉卜賽人」這名字眞是起得好極了，妙極了，也傷心極了。然而，與一個國家的獨立富強相比較，幾個人的傷懷又算得上什麼呢？新加坡這個國家是個奇異的國家，它的每一步發展都不是根據自然的進程；而是根據理性的選擇。

英國人萊佛士一八一九年的登陸是第一次選擇，猶如地球的第一次推動，然後選擇的歷史便開始了。在國家博物館裡，我看見華人、馬來人、印度人帶到這荒涼島嶼上來的各自的半生不熟一鱗半爪的文明，有漁具、炊具、製陶術、一些婚俗，記憶最深刻的是一張鴉片煙榻。我想，那時候一定語言混雜，風俗各異，說什麼的都有。人們在新加坡河的兩岸搭起芭蕉葉頂的棚屋，組成以人種與籍貫爲劃分的部落群體，將社會發展的一千年歷史濃縮到近代一百年內。

這是一個以人類主觀意志爲力量的再造的理性社會，從萊佛士開始，便進行了一系列的歸宿與前途、語言和文化、經濟與政治、體制與宗教的適時適地的衡量選擇，於是，一個後天的人爲社會形成了。在報社特地組織的一個關於華語問題的座談會上，我發表了自以爲從理性出發的看法。

我說：新加坡的問題並不是說不說華語的問題，而是它必須要有一個完整的語言的問題。這語言應當不僅是工作的、科技的、實用性功能的語言，還是文化的、情感的語言。所以，假如它能夠將英語掌握得如同英語社會那麼純熟與精深，就不必非要說漢語。我為新加坡的擔心是在於它沒有一個徹底的純粹的語言。

　　這說法顯然傷了在座朋友的心。有一位張曦娜小姐，她是上一屆金獅獎小說二等獎獲得者，這一屆的小說一等獎獲得者。報社同仁參加本社的評獎，在社會上引起不少興論，但假如沒有這些同仁參賽，我恐怕金獅獎的水準就更難保證，因他們畢竟是掌握漢語較為純熟的寫作者。張曦娜聽了我的發言，難過地低下頭，喃喃地說道：你們不知道我們的心！來自歐洲的台灣女作家龍應台則舉出瑞士語作家成功的例子，來說明弱勢語言並不一定代表文化藝術的弱勢，這說法顯然也不能解釋新加坡朋友們的胸中情結。這次座談，似乎並沒有達到互相理解，反有些隔膜了。我們大約給人們留下了站著說話不腰疼的感覺。我們站在他們所處的邊緣文化的中心位置，身處安全，完全不能了然他們的惶恐與喪失。

　　當我們在新加坡的日子裡，《聯合早報》曾發表了整整半版南大校友關於是否轉成南洋理工大學校友問題的討論。南洋理工大學是創立在昔日南洋大學的校園內，或許是為了爭取南大畢業生支持理工大學基金，抑或也是為南洋大學畢業生提供一個精神的歸宿之地，因此就提出理工大學與南洋大學的繼承關係，建議南大校友身分轉變為理大校友。

　　這個提法遭到南大校友的反對，他們幾乎一致地表示無法對

理大認同。報紙採訪了十多名歷屆畢業生，他們認為南大和理大是兩所大學，南大畢業生轉為理大校友的問題實際上並不存在。至於提到對理大基金的捐獻，「也只是以一名普通公民的身分對國家的教育作出貢獻罷了」。其中也有表示贊成的，但他們表明前提必須是延續前南洋大學的傳統，並且至少把校名簡稱為「南大」。一位名叫蔡錦淞的南大畢業生說：「如果南洋理工要南大畢業生把它視為他們的母校，就必須把它的歷史和整個南大歷史結合起來……這段歷史包括了千千萬萬前輩的血汗。」

　　蔡錦淞是目前華人社會很活躍的年輕一代領袖，一九六九年畢業。他所強調的歷史是什麼呢？又還有多少人記得呢？新加坡的社會已經今非昔比，經濟發達，有多少人願意回憶往事？這個社會面臨著緊張的生存問題，它的地理位置和宗族情況使它就像一個孤兒。孩子們說著日益純熟的英語，考試以「劍橋」標準為衡量，他們從小就為參加到先進世界的協作中去努力爭取。

　　這個從一無所有白手起家的國度，樣樣事情要靠從頭來起，在強者如林的國家中立足而不被拋棄占據了它的所有注意。它參與國際社會的聯手並存的經濟生活中去，是以犧牲民族淵源的回憶為代價的。能體會到這種損失的其實只有知識分子的浪漫情結，他們面對這個經濟發達國家裡的文化情景，確是十分的傷懷。畫家陳瑞獻的「吉卜賽人」說是在這次關於南大理大關係的討論中產生的，他說：「南大和理大是兩回事，彼此毫無淵源。南大畢業生都是學術上的吉卜賽人，請讓這些吉卜賽人好好地過日子，不要再騷擾他們了！」最後這一句話簡直痛徹心肺。新加坡是個沒有乞丐和流浪漢的國家，人人有家可歸，社會秩序井

然，這些吉卜賽人只能在精神上漫遊，華語是流浪地，南大是流浪地上的堡壘。

這就是我在新加坡這個華人占人口比例百分之七十的國家裡，所看到的華語的景觀，年輕的完全受英語教育的一代對它有隔膜與好奇的心情，政府現在希望於它來復興儒教思想，以穩定國家的意識形態；而對於知識分子，華語則是一個文化情結，他們悲哀地看到這個社會不可挽回地走入文化的斷裂層，心痛如絞。但無論如何，漢語和他們的現實生存已沒有什麼關係，它至多只為人們的情感發生聯繫。至於政府提倡華語的用心，也不過是出於防微杜漸的遠慮，事實上，西方思想動搖新加坡的社會意識也並非一件易事。我們在這個國家裡看見的驚人的秩序，證明它在軌道上的運行已成為一個科學的事實。這個以華人為主的國家裡，華人的政治經濟地位已不可動搖，只是近年來華人生育率的下降給人口優勢帶來幾分危機，但這也不礙事，政府已通過免稅的法律來鼓勵華人生育。

人們說什麼樣的語言於他們的生存位置都沒有影響，這大約便是我們所看見的，這個華人國家裡，華人安之若素地說著別民族的語言情景的原委，這與後來我們在馬來西亞見到的景象成為鮮明的對照。馬來西亞的華語，用女作家朵拉的話來說，就是，「那是我們的命！」

記得在文藝營開幕前夕的一個歡迎晚宴上，來自馬來西亞的作家小黑、朵拉夫婦提起在第一屆文藝營上即興創作的一支營歌，現在在馬來西亞華人中間非常流行。這支歌的詞曲作者都是南洋大學的畢業生。歌的名字叫作《傳燈》。小黑夫婦要求再聽

2003年底在吉隆坡與台灣作家陳映眞對話。

一遍《傳燈》。但兩位作者（張泛、杜南發）卻有些淡忘，回憶了半天，才漸漸在小黑的提示下想起了詞曲。他們說，這歌唱過了便忘了，而小黑說，在馬來西亞，幾乎人人會唱。

在馬來西亞華文報《星洲日報》舉辦的第一屆「花蹤」文學獎的閉幕式上，最後暗了燈，每人手擎一支蠟燭流著眼淚唱這支歌，場面十分激動。這歌是關於一條河和一盞燈，河永遠流下去，燈總是點燃的，河象徵歷史，燈則是血緣的香火。在我們去到馬來西亞進行巡迴演講的路程中，這手擎蠟燭唱著《傳燈》的景象總是在我眼前閃爍，成為一個巨大的哀傷的背景。人們說，《傳燈》這首歌是小曼帶到馬來西亞去的。小曼是誰呢？

後來，我和莫言結束了文藝營的活動，朋友開車將我們從柔佛海堤送到馬來西亞最南端的城市新山入境。過關的時候，有名華裔的海關人員檢查我們行李，問我們有沒有共產黨宣傳品，然後就好奇地問我們這兩個年輕的中國人是幹什麼的，我們說是作家，他立即笑了，說他讀過老舍，中學教科書上有他的小說。他打量著我們又說：老舍是過去的一代了，你們是新的一代。他親切地微笑著目送我們過境，往新山駛去。在這天傍晚時分，汽車駛進吉隆坡，竟看見一座綠色琉璃瓦的老舍茶館。我們一進入馬來西亞，便迎面感受到一股熟悉的中華文化的氣氛，真是出我們意外，這與我們剛剛離開的新加坡顯然迥然相異。兩天以後，我們便在這座老舍茶館裡舉行了第一場文學演講。

臨去馬來西亞，就有新加坡的朋友說，想看看昔日的新加坡嗎？那就到馬來西亞去看看吧！新山是我們第一個印象，那店鋪擠擠的窄街，有些像香港九龍或者廣州的一些老街，招牌上寫著

大大的中文和小小的馬來文。那些前來迎接我們的《星洲日報》新山分社的同仁們帶有濃厚的鄉土氣息，似乎剛從南部中國的山地裡丟下犁耙匆匆趕來似的，使得送我們過境的新加坡朋友潘正鑼格外顯得都市化和國際化。

他們的華語帶有一種特別的異樣的音節，抑揚著，歌唱似的。他們就像真正的農人一樣不善言辭，且待人篤誠。從此，我們走到什麼地方，就被那裡的這樣質樸篤誠，說著歌唱般的華語的馬來西亞華人所包圍。他們看見我們的心情，就好像看到娘家來人了，他們爭先恐後地搶著與我們說話，提出種種問題，再等待我們回答。說實在，我們被他們累得不行，他們還非常陶醉聽我們演講，聽我們演講的有許多人並非對文學感興趣，而是對華語的熱誠。我們的口音、用詞、說話的節奏、語法習慣、方言以及流行語，使他們很興奮。

當我們在新山作演講時，有一位立志於相聲藝術的先生從頭至尾陪伴我們，款待我們，為我們張羅這，張羅那，當我們演講時，他那樣醉心地聽著。他對我們說：聽你們說話，真是愉快，好像詞彙就在嘴邊，張嘴就出來了，那麼豐富、貼切，且又風趣盎然，這實在是一種享受。其實我和莫言的普通話都不標準，他是膠東口音，我是上海口音，但大約我們都有一股「大陸腔」吧，這使人感覺是華語的正傳。他所以熱愛相聲就是著迷於華語，他認為相聲是華語的藝術，這也是馬來西亞華人特別痴迷相聲的原因。他正著手辦理邀請我們的相聲大師馬季講學的事項。

這便是我們在馬來西亞看到的華語的景象，這是一幅熱情洋溢的景象。還使我驚訝的是，在馬來西亞華人社會裡華語的普及

程度，孩子們都會說流利的標準的華語。即便是在他們必須學習馬來語，又必須學習英語這樣繁重的語言負擔底下，大人們全都一致無二，毫不猶豫地送他們去華校學習沒有實際用途的華語。他們以極不理解的口吻談到新加坡的華人：政府提倡學習華語了，竟然還拒絕學習，要將孩子送去國外。而在馬來西亞，華校屢遭排斥與為難，華校的學生將負擔更多的學期與課程，華人受到政治與經濟的壓迫與排擠，他們的文化也遭到歧視，可就是在這樣的重壓底下，華人卻也不會放棄他們的語言，這語言是他們的命根子。

在我們一路巡迴演講過程中，邀請我們的中華文化協會派了一位駱先生陪同我們。文化協會是馬華背景下的民間組織，這位駱先生則是馬華三十多年黨齡的老黨員，主要負責宣傳組織工作。他說演說是他的特長，他幾乎走遍馬來西亞的所有鄉村，去為馬華黨爭取選票。他的最大遺憾是文化教育不足，不會說馬來語和英語。他是一個勞工的後代。多年前，他的祖父賣豬仔去到馬來亞，經年杳無音信。然後祖母帶著他的父親出洋來尋找，卻再沒有找到也回不去了。這便是駱先生家的出洋史。由於他缺乏良好的教育，因此無法參加競選，這使他作為一個政治家的前途變得很有限。

馬華黨是唯一進入執政的華人黨，但在最近一次選舉中，卻只得到華人百分之二十的票數，反對黨則大受華人擁護。在吉隆坡的一次晚宴上，在座有一位反對黨成員。我們原是想使氣氛活躍一些，拓展一下話題，便向這位反對黨成員提出問題。不料餐桌上立即瀰漫起火藥味，簡直有些劍拔弩張。反對黨極其激

烈地指責馬華沒有代表馬來西亞五百多萬華人的利益，在應當說話的時候卻世故地沉默了。而馬華卻也有自己的苦衷，在政府各黨派的總共一百七十票中，馬華只有十八票，聲音很弱。很多事情，都得悠著點，慢慢來。在他們這種困難處境下，非常需要華人社會的支持，可卻得不到理解。而駱先生的觀點似乎更為中立一些，他認為華人的某些要求過分了。他走過馬來西亞偏僻的鄉村，親眼目睹了馬來民族的貧困狀況，他說這個社會真正在底層的還是馬來民族，華人應當讓一些利益。

自從六十年代末期發生的華人與馬來人種族衝突流血事件，馬來西亞實施了二十年的新經濟政策，對華人的經濟給予多種限制，而對馬來人的經濟則給予激勵。比如說，如果華人要註冊開業，必須要有馬來人的參股比例。然而，這其實也滋養了馬來人的惰性，往往有馬來人只是名義上的參股，事實上並無資金投入也不參加經營，還能從華人業主那裡支取參股的報酬。當初華人們帶著較為成熟的文明踏上這塊未開墾的土地，灑下了他們建設的血汗，也給還生活在酋長制度下的馬來人帶來了被奴役的命運。這使馬來人在資本與能力方面，都處在弱於華人的位置上。如今無論是馬華還是反對黨，或者無黨無派的華人，都在後悔與檢討一樁事，那就是當他們最初踏上這塊土地的時候，只顧掙錢發財，卻沒有立足的觀念，對政治毫不關心，結果被馬來人掌握了政權。

我想，那時候，華人乘著貨船登上這塊四季如春、植物茂盛的土地，他們也許不會想到，他們的子孫後代，會與這塊土地發生性命攸關的聯繫。他們對這土地沒有建立絲毫的認同感，卻

將這認同的命題交給了後代,而時機不再。當他們在這裡繁衍生息,安家立業,他們生在這裡,長在這裡,他們情義綿綿,他們生出了認同的渴望,而這國家已經是別人的了。於是,我感覺到,當這些華人堅持說著他們民族的語言,堅守著作為他們歷史象徵的寺廟祭壇的時候,其實是保持了一個悲壯的退守的姿態。馬來社會不接納他們,將他們看成後娘養的,那他們到哪裡去呢?他們只得抓住他們的民族作為後盾。

馬來西亞的華人是那樣堅守著根源的觀念,到處都有華人的寺廟,且香火鼎盛。我們在怡保的演講會,是在斗母宮禮堂舉行的。斗母宮供的是九天皇。它的建築簡單乏味,一無風格可言,鋪著馬賽克作地,顯得不倫不類。中間是九天皇,左側是註生娘娘,右側是城隍爺爺。演講會開始前,我去大殿走了走。天還沒黑,四周環繞著黛色的山巒,使我想起同是錫都的中國雲南的小城個舊。這時,有一個青年走進了大殿,他黑黑的皮膚,身體粗壯,戴著眼鏡,我想他是個做小生意的,大排檔裡開個小鋪之類的吧。他趿拉著拖鞋,逕直走到城隍爺爺跟前,雙膝著地,跪拜了一會兒,然後站起身走了。大殿裡頓時有了一股親切的氣息,那是一種類似「家」的氣息,在清涼的暮氣中滋生出絲絲暖意。

檳城的觀音寺就臨著擁擠嘈雜的街道,在令人目眩的烈日下,一爐香燭煙火熊熊地燃燒,遍地是燃著餘燼的香煙紙和經紙,隨了風徐徐地移動著。火星在這熱帶的陽光下慘白著,漸漸熄滅,新的火星又來了。香煙在蒸騰的潮熱霧氣中轉眼便被吞沒,但新的煙也來了。

在新山,小曼太太帶我們去看了一座古廟,那是在清代由五

家會館集資修建的。在最近的市政規畫中，政府將它畫入土地徵用的範圍內，要平廟建築高樓。小曼和他的朋友們，從繁忙的商務中騰出身來，積極聯絡華人社會，四處呼籲，要求政府規畫繞道而行，保留此廟。他們幾經絕望又奮起，一直上書政府上層，而最終保留了下來。那廟是極小極破舊的一座，光線暗暗的，油漆剝落的供案上方，懸掛著暗淡的黃色的布幔，端坐著腐朽佛像，門楣上寫有四個字：眾星拱北。這四個字看上去令人落淚。小曼太太對我說：「這廟我們一定要保存好，這是我們華人來到此地開島創業歷史的證明。」

華人們乘著船，經過海上的風浪顛簸，九曲十八折地來到荒涼的島上，唱著歌兒種植橡膠園，是一番什麼樣的情景？他們和這島再也離不開了，這就是他們的家園啊！我從小曼太太的話裡忽然領悟了另一層不僅是退守民族後盾，還是進取國家地位的含義，這含義是一個積極的執著的認同。我不由想，這大約就是馬來西亞華人的希望所在。民族是我們情感的源泉，而國家卻是我們生存於這危機四伏的世界上的保障，它是現實的家園。沒有國家，我們誰也不行。

我記得馬來西亞華人作家小黑在文藝營的演講題目是「告別憂患八十，擁抱二〇二〇」。他說，在八十年代末，終於結束了為提高馬來人經濟地位，而不惜以延緩發展為代價地壓抑華人經濟社會的「新經濟政策」。正當人們疑慮重重，不知往何處去的時候，國家推出一九九〇年觀光年，要開發旅遊業，拉開了一個開放的序幕。

上：在吉隆坡國家回教堂前。
下：在麻六甲萊士塑像前。

一九九一年三月二日，首相發表二〇二〇年宣言，立志三十年成爲工業強國。小黑感到鼓舞的是，這必須使政府重新考慮和正視華人的位置。因爲在馬來西亞，華人掌握著經濟命脈，大量的資本爲華人所有。他說，目前已經有一萬二千多名馬來孩子在華校讀書，學習華文，他期待著華文會成爲馬來西亞被承認的語種。小黑的發言裡，流露出國家的認同意識，馬來西亞息息相關的命運感滲透在字裡行間。

　　當我們乘車行駛在馬來西亞從南到北，又從北到南的鄉間，道路沿線幾乎都在建築高速公路，壓路機轟隆隆地響著，這給這國家帶來一幅躍然起飛的面貌。據說，馬來西亞將要實行馬來語、英語、華語三個語種標志路牌。我不知道華語會不會隨著華人地位上升而成爲馬來西亞的主要語種；我也不知道當馬來西亞的華人想當然成爲國家的主人之後，是否還會那麼在意語言這種族的標誌；他們會不會在民族融合中消亡了自己的語言，就像泰國那樣；他們還會不會爲融合於國際家庭，而選擇英語這國際語言，像新加坡那樣。我不知道華語的命運在馬來西亞將是如何，一切都不好估計。

　　現在，我應當提到小曼了。小曼就是將《傳燈》這首歌從新加坡帶來馬來西亞的那個人。他在日本公司服務，奔忙於馬來西亞和日本之間。除此之外，他的所有時間都投入了華人社會的活動，是個積極的社會活動分子，許多文化交流工作是由他和他的夥伴們發起進行。他家在新山，已與新加坡爲鄰，於是他開著車，從狹長的柔佛海堤來來回回，將消息傳來傳去。我們在新加坡的時候，常常聽人們說，小曼來了；或者，小曼走了。

當我們來到新山演講的時候，他們新創辦的音樂學院正當落成開學。這音樂學院主要培養音樂師資人才，帶有進修的性質。但小曼說，還是為了有個地方，人們可以常來坐坐，聊聊，談些關於文化和藝術的事情。那天我們就在音樂學院舉行演講。演講會結束，已近深夜，而小曼和他的朋友們卻還樂不思蜀地坐在廳內，也並不說什麼，就只這麼安靜而喜悅地坐著，孩手們奔跑在腳下做遊戲。當小曼實在無術分身忙不過來時，小曼太太便來奔走。有一天，小曼太太坐在車裡，望著小曼下車走去的背影，忽然說：這個老公不錯，在東京會打電話回來說：我很想你呀！

　　當那最後的離別新山的夜晚，其實已是第二日的凌晨，小曼開車送我們回飯店，穿過人妖出沒的街頭，忽然車頭一轉，向著柔佛海堤駛去，他說：你們要走了，再去看看海吧！在那濃霧瀰漫的靜夜裡，汽車無聲地滑行，海浪拍打著堤岸。他說：我要寫一首詩，關於一口皮箱。這口皮箱是我父親當年從唐山下南洋時帶來的，裡面裝著唐山的東西。

　　我想，像小曼這樣情深義長的人，他能夠輕易地同馬來西亞社會認同嗎？當馬來西亞最後真正認同了華人，又為華人真正認同，國家利益高於一切的時候，他將如何安置他的民族情懷。他的那口父親的舊皮箱呢？他會不會成為又一個「吉卜賽人」？靜夜中駕著車，在柔佛海堤寂寞而行的小曼，是我腦海中拂不動的景象。

台灣的好看

　　去台灣十來天，匆匆走一遭下來，有這樣幾件東西是好看的。一是台北故宮博物院裡的畫。有一幅張勝畫的梵畫，長長的一卷，描畫著菩薩的事跡，畫得很仔細，也刻板。顏色是一種膠板印刷的套紅。我不熟悉畫界的知識，看起來，這張勝畫像是一名工匠，攜著家什穿街走巷，給人家畫灶台、畫門神之類的。那梵畫很像是上海舊時的香煙牌子，多在城隍廟出售，畫著好漢和兵將，披盔戴甲，呆板卻熱鬧。還有一幅唐人的宮樂圖，寫實的畫面，一群操持樂器的宮女圍桌而坐，有撥弦弄管，也有飲茶閒坐，坐姿都很隨便，並不拘禮，和現代的劇場後台似無甚兩樣。雖是古時，又是宮中，卻十分日常。好看就在這裡。

　　二是台南的大天后宮，站在正面一看，就像一座戲台，演的是南戲。因這天后宮原是一名高官的府邸，所以格局是一進又一進，每一進又高一階，就更像戲台的二道幕，三道幕。幕條是粉紅粉藍粉綠粉黃的綢緞，細細密密地間在一起，是戲裝的顏色，既是鬧的，且又嫵媚，還有些舊，襯托出古意。然後，擠擠簇簇

的蠟燭亮著，一片一片地疊起來，漫出去，真是好看。

　　還有一樣好看說來就話長了些，是在阿里山看日出。進出沿途，不時有標牌，寫明次日凌晨日出的時間，然後到了山間旅館，住定。第二天，四點半起身，到櫃台租了棉衣，出門上車往火車站。車站人頭攢動，都是赴山頂看日出的人，穿著制服樣的印了旅館標記的棉衣，發車時間許是不定規的，根據氣象測出的日出時間隨機而定。因見車站也高懸著日出的時間。車站擠擠攘攘的，穿行著出售早點和飲料的小販，還很奇怪地兜售一樣東西，十元台幣一副的硬紙太陽鏡，說是看日出的必備品。看日出需要太陽鏡嗎？又不是看日全蝕。反正沒買，上了小火車，滿滿的一車人向山頂出發。沿途還停了一二站，又上來一些觀光客。天色卻微明了，再往前，天邊就漫出紅霞，鋪開來，可是火車還沒抵達目的地。直到約六時，車才到站，人們擁出車廂，向山崖處擁去。此時，天光大亮，日頭雖未從山巒後開出，可早已浮出雲海，照亮了山間。我們在勻淨透明的晨光裡等待著日出，大半個早晨都快過去了。最後，太陽是從對面一個小小的峭拔的山尖後頭露出全貌，已是接近中天，小小的一輪，發射出白熾的光芒，這才理解了兜售太陽鏡的苦心。可是，這樣的日出似乎與日出的原意差去甚遠。尤其是經過前面過足的鋪墊，此時難免感到掃興。

　　好看的其實是在後頭。就這樣，看罷日出，我們步行回旅館，走另一條捷徑的山路，起初的一段是沿鐵路平行。鐵路是較窄細的，由於空氣濕潤，顯得很潔淨，軌道閃著亮光，蜿蜒在樹木蔥蘢的山崖之下。枕木下的細石子很均勻，也很潔淨，道口有

著紅漆的鐵欄。在鐵路兩邊，山崖的底下，開著鮮花。花的莖較長，葉子不多，花朵不大，但開得很完美，每一組花瓣中央都有一叢纖巧細長的花蕊，其中有一色棗紅，特別的嫣然，即刻顯得花事繁榮了。但又不是那種茂盛，倒是有些疏朗，可絕不遺一點空缺，全都布滿著。它們雖是野生，卻並不蕪雜，甚至有一些修飾。這時，太陽從山崖後邊照過來，從鐵軌上斜切過去，有一半的花在日光裡，便格外的亮麗。由於走錯了路，這一段鐵路，我們來回走了兩遍，將好看的花也看了兩遍。

2001年在台灣淡江街頭。

充滿夢幻的時代

　　一九八三年秋天，我第一次走出中國，來到美國。這時侯，大陸的留學生，正處在開創新大陸的艱苦時期。他們攜帶著沉重的行李，甚至鍋碗瓢勺，口袋裡卻只有裝著八十五美金，這是中國銀行特許出國學習人員兌換外幣的最高限額。他們說著蹩腳的英語，雖然是通過了留學美國的托福考試，但因為缺乏語言的感性經驗，聽和說都很笨拙。他們無望地和家人隔離著，不知道什麼時候才能聚首，害著嚴重的思鄉病。

　　和我的離群索居的同胞們一樣，我首次見識了超級市場，其中的某些商品，比如可口可樂，在國內，是在高級賓館的賣品部，或者特別對外的友誼商店，需用我們稱作「兌換券」的，一種外匯的代價券，才能購買。我還見識了一種軟包裝的飲料，長方型的紙盒，附著一根吸管，可供插入方盒頂上的一個小孔，用來吸吮盒中的飲料。數月之後，一九八四年初，我回到中國，驚訝地發現，國內市場上，竟然也有了這樣的軟包裝飲料。事情似乎就是從這時侯開始的，從此，一切都加緊步伐，變得急促起

來。生活進入了迅速發展的軌道。

　　後來，我在某些街區，發現了一種奇異的，我稱之為「外國味」的氣味，這是由汽車的尾氣，化學合成皮革，現代建築材料，國際香型的洗滌劑，化妝品，以及美式快餐的炸雞味，調料味，混合成的氣味。這種氣味迅速瀰漫開來，浸染了我們的城市。此時，方才說的那種軟包裝，還有易拉罐，已經在我們鄉鎮城市成千上萬條流水線上，源源地生產出來，裡面裝著，摻了香精、糖精、色素、各種自製的添加劑配方，受污染的飲水，製成的飲料。這大約可用來形容我們在這個時代裡的處境，那就是，在現代化的表面之下，是粗劣的、落後的、毀壞的、匱乏的內容。

　　在這樣的處境裡，要認清自己的身份，是一個困難的工作。你不知道你究竟是什麼人。許多印象蠱惑著你，很容易將自己想像成另一個人。一個終於趕上了現代化的末班車，幸福地生活在地球村裡的國際公民，享用著富足的物質，也享用著患於物質過剩的虛無病。在這種妄想症中，我們很快就喪失了自己，我們變得面目模糊，失真，就像一則著名的中國民間笑話。說一個解差押送一個囚犯去往流放地，這個囚犯是一名和尚，剃著光頭。解差每日早晨，出發之前都要清點他的東西，他這樣清點道：包裹、雨傘、枷鎖、和尚、我。和尚看出這是個呆子，於是有一天夜裡，他給熟睡中的解差剃了一個光頭，再將枷鎖套在解差的脖子上，連夜遁逃了。次日清晨，解差醒來，清點東西，準備上路，他點道：包裹、雨傘、枷鎖，和尚呢？這時他從鏡子裡看見了自己的套了枷鎖的光頭，便釋然了，和尚在。可是，接下來的問題是：我呢？我在哪裡！

環顧四周，我們身處何處？

上海的兩個民工在街頭午休。

我曾經寫過一個短篇小說，名字叫做〈千人一面〉。我寫一個譯製片的配音演員，她為許多外國的電視片配音，她的聲音從形形色色的西方人物的口中發出。人們永遠看不見她的臉，但她的聲音卻響在耳邊，說著各種各樣的西方劇情裡的台詞。為了適應這些台詞的表現，她努力修飾自己的音色。遺憾的是，由於她的聲音是那樣一種獨特的，古怪的音色，所以她無論怎麼改變自己，無論她藏在如何不同的角色後邊，人們都可認出這是她的聲音。只有一次，她與她所配音的角色成功地合二而一，那就是配音一個失憶者以及失語者。這是一篇不夠好的小說，我太急於表達我對現實的看法，因此它的意圖性過於明顯，就狹隘了。我只是想用來說明我們的困境：「我」的消失。

哥倫比亞作家，馬爾克斯（台譯：馬奎斯）的《百年孤獨》，如今讀起來，往日的興奮消失了，代之而起的是一股徹心的痛楚。孤獨，能不能生存？近親交配，甚至不育，生命漸漸萎縮，走向滅亡。可是，倘若打破孤獨，所有的外來因素，一旦進入封閉的命運，全成為打擊和瓦解的力量，下場是，毀滅。處於世界的後發展時期，處境就是這樣兩難。終於，《百年孤獨》被瑞典文學院發現，將諾貝爾獎贈給了它。馬爾克斯帶著一支龐大的熱烈的隊伍，去到斯德哥爾摩領獎。這支隊伍包括得獎者的親朋好友，以及一個民間歌舞隊，載歌載舞地走上了頒獎台。就這樣，一個孤獨的民族登上了國際舞台，全世界都知道了拉丁美洲，當然，它是與「文學大爆炸」這個詞連在一起的，統稱為「拉美文學大爆炸」。它充滿了觀賞性，它的現實主義，被冠之以「魔幻」這一個詞。於是，事情就起變化了。它的生活、生

態、命運、遭際、人，離開了現實的土壤，變成一椿審美的對象。眞實的拉丁美洲消失在審美、獵奇、觀賞的活動後面。

這種消失，卻是給人融入的印象。似乎是，融入了國際化的生活，這對於離群索居的民族，是特別令人醉心的景象。然而，有時候，猝不及防地，有一個聲音會告訴你，你究竟是誰，你的眞實面目究竟是什麼！倘若你是一個機敏的人，你一定會隨時，隨處地聽見這個提示的聲音。可惜，現代化的夢幻蒙蔽了我們的耳目，我們往往缺乏敏感性，需要重重的一擊。

一九九四年，我去墨爾本參加第六屆國際女性書市。按大會組委會安排，我所分配發言與討論的小組，題目是有關性和身體感官的體驗。小組成員有來自中國大陸的我，一位澳洲土著女作家，一位華裔美籍女作家，一個日裔加拿大籍女作家，還有一位新西蘭土著女作家。大家依次平靜地發了言，輪到那位新西蘭土著女作家上台時，她卻首先提出了一個責問。她說：大會組委會爲什麼要安排我們這些地區和種族的女性作家來談「性」，難道「性」對於白種女人已經不再成爲問題？然後她說：我們的民族認爲「性」不是一個可以當衆談的事情，所以我今天談的是另外的話題。不排斥她是有著狹隘的種族意識，過度的敏感於種族問題，可對於我們這些麻木的人，卻是一個有力的提醒。她的責問使我首先想到的是：爲什麼我沒有意識到這個安排的側重性？環顧周圍，我忽然明白了，我身處何處。

這是迷失中的一線光亮，眞實的景象浮現出來，雖然這並不是令人愉快的景象，但是，對於我們的心智和頭腦是有益處的，我們將會找回我們自己，找回「我」。「我」是我們看世界的立

足點，「我」也是我們想像世界的立足點。小說是一個虛無的存在，但它利用的是對這世界的相似性，這是通向人們的理解與同情的橋梁。所以，對這個世界認識的眞實性就是我們創造的基礎。而認識世界的主體——我，首先必須眞實。

國家圖書館出版品預行編目資料

茜紗窗下 / 王安憶著. -- 初版. -- 臺北市：麥田，
　城邦文化出版：家庭傳媒城邦分公司發行，
　2010.03
　　　面；　公分. -- (王安憶經典作品集；9)

ISBN 978-986-173-594-8(平裝)

855　　　　　　　　　　　　　　　98023701

王安憶經典作品集9

茜紗窗下

| 作　　　　者 | 王安憶 |
| 責 任 編 輯 | 莊文松　林秀梅 |

副 總 編 輯	林秀梅
總 經 理	陳逸瑛
發 行 人	涂玉雲
出　　　版	麥田出版
	104台北市中山區民生東路二段141號5樓
	電話：（886）2-2500-7696　傳眞：（886）2-2500-1966
	E-mail：bwps.service@cite.com.tw
發　　　行	英屬蓋曼群島商家庭傳媒股份有限公司城邦分公司
	104台北市中山區民生東路二段141號2樓
	書虫客服服務專線：(886)2-2500-7718；2500-7719
	24小時傳眞專線：(886)2-2500-1990；2500-1991
	服務時間：週一至週五上午09:30~12:00；下午13:30~17:00
	劃撥帳號：19863813；戶名：書虫股份有限公司
	讀者服務信箱：service@readingclub.com.tw
	歡迎光臨城邦讀書花園 網址：www.cite.com.tw

香港發行所	城邦（香港）出版集團有限公司
	香港灣仔駱克道193號東超商業中心1樓
	電話：(852)25086231　傳眞：(852)25789337
	E-mail：hkcite@biznetvigator.com

馬新發行所	城邦（馬新）出版集團【Cite (M) Sdn. Bhd. (458372U)】
	11, Jalan 30D / 146, Desa Tasik, Sungai Besi,
	57000 Kuala Lumpur, Malaysia.
	電話：(60)3-9056-3833　傳眞：(60)3-9056-2833

| 設　　　計 | 林小乙 |
| 印　　　刷 | 前進彩藝有限公司 |

2010年3月30日初版一刷　　　Printed in Taiwan

售價：NT$320